ENCORE UN JOUR DE PLUIE

DU MÊME AUTEUR

APRÈS LA FIN, Actes Sud, 2018.
DANS LA LANDE IMMOBILE, Actes Sud, 2020.

Titre original :
Summerwater
Éditeur original :
Picador / Pan Macmillan, Londres

ISBN 978-2-330-16627-4

SARAH MOSS

Encore un jour de pluie

roman traduit de l'anglais
par Laure Manceau

ACTES SUD

les sons de l'air et du sang

L'aube. Il n'y a pas de lever de soleil, pas de chant d'oiseau.

La lumière s'immisce au-dessus de l'eau, à travers les branches. Le ciel s'étale sur le loch, comble les arbres, sature l'espace entre les aiguilles de pin, se loge entre les brins d'herbe et tavelle les galets sur la plage. Bien que nuages et terre se touchent, que la pluie n'ait nulle part où tomber, il pleut ; les bruits de l'eau sur les feuilles et l'écorce, les toits et les pierres, les vitres et les voitures, deviennent constants, comme les sons de l'air et du sang dans notre propre corps.

On s'en apercevrait tout de suite, si ça s'arrêtait.

elle aurait pu continuer

Justine a dormi comme elle avait l'habitude de dormir avant de prendre un vol matinal. On se réveille pour regarder l'heure, on tend la main dans le noir vers son téléphone, vers le bouton qu'on peut trouver dans son sommeil. L'écran dit dors encore, il reste des heures, des heures qu'on peut passer au chaud, inconscient, presque autant que la dernière fois qu'on a jeté un œil.

On rêve de bagages faits en vitesse, et on se réveille de nouveau : ce doit être l'heure, on l'a peut-être même dépassée, mais seules vingt minutes se sont écoulées. Se rendormir, se réveiller encore, la courte nuit d'été dure de façon improbable, quelque chose de profondément ancré dans le cerveau, une connexion ou un mécanisme ancestral développé à l'origine pour coïncider avec la montaison des saumons ou la semaine où les baies mûrissent, impossible à calmer. Elle ne peut pas programmer d'alarme car ça réveillerait Steve, mais un endroit de son esprit – celui qui s'occupe de la respiration, du cœur et guette les signaux des enfants même quand elle dort – sait l'heure qu'il est, décode l'inclinaison de la terre et le changement du ciel.

Elle ouvre les yeux, regarde le lambris de pin à moins de trente centimètres de son visage, les nœuds dans le bois et les bulles du vernis rugueuses au toucher, comme de la peau croûteuse. Elle ne prendra pas l'avion cet été, ni le prochain. Qui a les moyens de voyager, maintenant ? Si elle avait su, se dit-elle, si elle avait su qu'au fil des ans elle n'atteindrait pas une certaine aisance ni même une sécurité financière, si elle avait identifié les occasions quand elles se présentaient, elle aurait voyagé davantage quand elle était jeune, elle se serait payé un de ces billets de train, de ces passes, et serait allée partout, du Nord de la Norvège à la Sicile, d'Istanbul au comté de Clare. Elle aurait pris une année sabbatique, ou plusieurs, avant de se contenter de Steve, elle s'en serait sortie en travaillant comme serveuse ou n'importe. Si elle avait eu de l'assurance, si elle avait su comment faire une demande de passeport, acheter un billet et embarquer à bord d'un avion quand elle était encore assez jeune pour s'en aller. Elle aurait dû aller à Paris et Vienne, à Venise. Maintenant, elle a du mal à imaginer comment elle pourrait bien voir des vignes en terrasse surplombant une mer scintillante, des olives mûrissant sous les feuilles argentées ou une orangeraie baignée de soleil. Ça n'a sûrement aucune importance, au fond. Mais elle aurait bien aimé que les enfants entendent des langues qu'ils ne parlent pas, ou pas encore, mangent de la nourriture qu'ils ne reconnaissent pas, traversent des routes avec les voitures du mauvais côté, voient de leurs propres yeux que le monde est vaste et les façons de faire les choses, surtout une question d'habitude. Non qu'il soit impossible d'entendre des langues étrangères à Manchester, bien sûr. Non qu'il n'y ait pas de choses étranges à manger. Sauf que ses enfants ne veulent jamais manger de trucs bizarres et qu'ils n'ont jamais manifesté le moindre intérêt pour les langues.

Quoi qu'il en soit, voilà, il est cinq heures du matin, comme prévu, déjà la lumière du jour. Il est temps de sortir pour être revenue et douchée avant que les garçons réclament leur petit-déjeuner. D'autres font la grasse matinée, en vacances, surtout quand on n'a pas pu fermer l'œil la moitié de la nuit à cause de ces sales cons d'égoïstes avec leur musique trop forte qui devaient bien se douter qu'ils sabotaient le sommeil et partant la journée à venir des gamins, de leurs parents, des personnes âgées et de tout le monde. Ça n'a pas trop dérangé Justine, elle a lu sur sa tablette jusqu'à avoir suffisamment sommeil pour ne pas être gênée par la musique, et les enfants ont dormi tout du long comme ils peuvent dormir quand l'alarme incendie se déclenche à la maison – toujours un moment de plaisir –, mais Steve a piqué une petite crise et Justine parie que la famille avec le bébé a passé une sale nuit, eux qui étaient juste à côté, en plus. Ça fait la deuxième fête cette semaine, pas franchement le problème auquel on s'attend par ici, tout au bout de la route, c'est plutôt l'endroit où on vient chercher le calme – enfin bon, elle glisse doucement au bord du lit sans se tourner ni déplacer la couette pour ne pas réveiller Steve avec un courant d'air, non que lui-même ait l'idée de modérer son remue-ménage d'insomniaque pour épargner son sommeil à elle, toujours à tousser, se gratter, se tourner d'un côté et de l'autre. Il ne prend même pas la peine d'uriner assis maintenant qu'il a commencé à se lever la nuit pour aller aux toilettes, il préfère la réveiller en pissant comme un cheval plutôt que s'asseoir comme une femme rien qu'une fois. La cloison est mince, dit-elle, j'entends tout, c'est pas sympa. C'est rebutant d'être allongée là à écouter le jet agressif de quelqu'un qui pourrait parfaitement s'asseoir mais s'y refuse parce que dans sa tête la police de la virilité l'épie même en pleine nuit, par la fenêtre ou tapie dans le panier à linge. Qui, il faut le reconnaître, est assez grand pour loger deux flics. Elle se demande bien comment elle va pouvoir faire sécher tous les vêtements avec un temps pareil, non qu'on s'attende à avoir du soleil en venant en Écosse, mais là ça dépasse les bornes, des jours et des jours de pluie torrentielle – c'est bien beau que le chalet soit équipé d'une machine à laver mais c'est moins compliqué de laver les vêtements à la main que de les faire sécher sans sèche-linge. Se mouiller ne pose jamais de problème. Elle roule et se lève sans bruit, baisse la tête le temps que tout se brouille, résonne et redevienne bien net. Pression artérielle basse, elle vivra éternellement. Elle connaît les endroits qui grincent maintenant, alors elle enjambe la zone usée par les passages. Steve se plaindra si elle le réveille, essaiera de la persuader de faire l'amour au lieu d'aller courir, elle n'aura pas de mal à le repousser, mais après, sa journée commence, le compte à rebours est lancé, de ce qu'elle doit faire, épouse et mère, en vacances, le ménage le petit-déjeuner les loisirs pour les enfants, fabriquer des souvenirs et ne pas oublier de les prendre en photo au cas où ils ne seraient pas si mémorables que ça. Elle se faufile sur un coin de moquette plus neuve. Bon sang cette moquette, mais où les propriétaires avaient-ils la tête ? Dans un pub clandestin de 1988, à son avis. Même si c'est propre, ça donne l'impression qu'ils cachent la crasse, comme la garniture des sièges dans le bus.

Elle lâche du papier dans la cuvette pour étouffer le bruit, s'assoit penchée en avant, ne tire pas la chasse. Elle se lave les mains comme il faut avec un savon Imperial Leather, petit plaisir de vacances nostalgique, ça la ramène toujours en arrière, elle le trouvait tellement chic chez Libby il y a trente ans, où ils avaient aussi des biscuits de marque et du vrai Coca. On n'est pas censé se laver le visage au savon à son âge, ça dessèche la peau et ça donne des rides, mais elle aime cette sensation de peau propre et tendue, et puis elle n'a pas l'épiderme sec ni de rides. Elle boit de l'eau dans sa main en coupe, le goût est différent de chez eux, plus proche de l'odeur de dehors, des plantes qui poussent et de la terre humide. Encore une gorgée, elle ne transpirera pas beaucoup sous la pluie, mais c'est toujours plus facile si le corps est bien hydraté.

Elle a laissé ses affaires toutes prêtes hier soir. La culotte de la veille qui ira à la machine dès son retour ; le moment de panique quand elle se débat pour faire passer ses coudes dans sa brassière de sport. Un de ces jours, pense-t-elle, un de ces jours, une femme va mourir en enfilant ce truc, ou se déboîter l'épaule, et ce sera pire quand il faudra l'ôter toute mouillée. Elle n'en a probablement pas besoin, mais il paraît qu'il faut un maintien ferme, même si on a des seins minuscules, sinon on s'expose à des choses horribles. Des chaussettes de course dont Steve n'a pas idée de la fortune qu'elles ont coûtée mais elles font vraiment une différence, et elle n'en a pris qu'une paire, un débardeur bas de gamme fabriqué au Bangladesh sans doute par des enfants plus jeunes que les siens, mais qu'est-ce qu'on peut y faire (ne pas l'acheter, de toute évidence). Le truc quand on court sous la pluie c'est de se vêtir le moins possible, la peau c'est imperméable et ce sont les couches de tissu mouillé qui donnent froid, sans parler des irritations. Legging corsaire, elle ne s'est pas rasé les jambes, inutile avec ce temps, mais n'importe quel barjot sorti sous cette pluie aura mieux à faire que reluquer ses mollets.

Un coup d'œil dans le miroir. Elle s'est peut-être trompée sur les rides. Et alors ?

Ouvrir la porte tout doucement à deux mains, s'arrêter devant la chambre des enfants pour reprendre sa respiration, hésiter entre prendre l'unique clé et les laisser enfermés et obligés de sortir par la fenêtre en cas d'incendie, les fenêtres étant basses et faciles à ouvrir et les risques d'incendie assez improbables, ou alors laisser la clé et donc ne pas verrouiller la porte alors que trois êtres bien-aimés dorment sans défense dans les bois, ou du moins deux êtres bien-aimés plus un qu'elle supporte. L'incendie, tranche-t-elle, est plus vraisemblable qu'un cinglé sanguinaire, on entend certes parler de psychopathes qui traînent dans les camps de vacances mais uniquement en Amérique, et l'avantage avec cette implantation au bout d'une route à voie unique de quinze kilomètres, c'est que les possibilités de prendre la fuite sont nulles. À moins, bien sûr, que le cinglé envisage de se planquer dans les bois jusqu'à la nuit tombée, mais la nuit ne dure pas longtemps à cette époque de l'année et puis la police viendrait sûrement avec des chiens, non ? Ou alors il pourrait traverser le loch à la nage, en tout cas s'il a pensé à emporter une combinaison de plongée. Il ou elle. Les femmes aussi peuvent sûrement tuer en série, est-ce qu'il n'y en avait pas une au Japon, d'ailleurs, mais c'était plus de la fraude à l'assurance-vie que du sadisme, non que ça change quoi que ce soit pour les victimes, quoiqu'un fraudeur vous tuera certainement plus vite qu'un sadique, alors peut-être que si. Donc il lui faudrait enfiler la combinaison avant de se lancer dans sa série de meurtres, entre la perpétration des crimes et le besoin urgent de quitter les lieux, ce ne serait pas du tout le moment, encore pire que d'enfiler une brassière de sport. Qu'est-ce qu'il flotte. C'est presque absurde de s'habiller pour sortir, si elle avait apporté son maillot de bain elle l'aurait mis. Bon, ça ne peut pas durer comme ça toute la journée, il ne peut pas y avoir tant d'eau que ça là-haut. Elle s'assoit sur la terrasse couverte pour faire ses lacets, ajuster son brassard et choisir sa musique. Elle devrait plutôt courir en pleine conscience ici, écouter le vent dans les arbres, le clapotis du loch et les oiseaux assez fous pour voler dans ce déluge mais fait chier, elle a besoin de musique pour ses jambes, pour connecter ses pieds au sol et ne pas avoir à y penser. Elle voit qu'il n'est pas encore cinq heures et demie, elle a deux heures devant elle si elle veut, elle peut se faire vingt kilomètres, mais si c'est ce qu'elle choisit, elle mangera toute la journée et les enfants réclameront quelque chose dès qu'ils la verront grignoter, mais elle sait qu'elle va quand même le faire. Elle a quatre barres protéinées à la cacahuète planquées dans son paquet de serviettes hygiéniques dans la valise, l'unique endroit où personne n'ira regarder, et elle ne sera pas spécialement fière de les manger dans les toilettes s'il le faut.

C'est parti, les pieds qui trottinent, le cœur et les poumons surpris, à la peine. L'eau froide sur sa peau encore tiède et pourquoi est-ce qu'elle s'inflige ça, déjà ? Le village vacances est endormi, les rideaux tirés, les voitures couvertes de gouttelettes. Ces chalets en rondins, se dit-elle, c'est une idée stupide, empruntée à l'Amérique ou à la Scandinavie, en tout cas à un endroit où il pleut moins qu'en Écosse, quand a-t-on vu des constructions en bois en Grande-Bretagne ? En tourbe, d'accord, par ici, en pierre si on en a, ça ne pourrira pas. Et ils n'ont rien de nordique – elle n'y est jamais allée mais elle a vu des photos –, ils ont juste l'air démodés, amas affreux de murs en bois ramolli et de fenêtres en plastique médiocres, le genre d'abri de jardin qu'il faudra se résoudre à démolir plutôt tôt que tard. Passe encore pour une location sur une quinzaine de jours, même si ce n'est clairement pas la bonne quinzaine, du point de vue de la météo, mais même en ayant les moyens, ne serait-ce pas un aveu d'échec d'en acheter un ? Il suffit de jeter un œil au bois pour voir que ce sont des biens qui perdent de leur valeur. Si on a les moyens, autant se payer des visas et des billets d'avion et ne pas passer ce qui est censé être les meilleures semaines de l'année à regarder un lac se remplir de pluie. Il faut qu'elle vérifie le solde du compte bancaire la prochaine fois qu'elle aura accès à Internet. Steve avait raison, elle veut bien le reconnaître, camper aurait été une erreur, pire que rester à la maison, mais ils ne sont pas donnés, ces chalets, en tout cas pas pendant les vacances scolaires. Elle devra acheter de nouveaux uniformes pour les garçons quand ils rentreront, les chevilles de Noah dépassaient de son pantalon des semaines avant la fin du dernier trimestre, elle doit aussi retrouver les vieilles baskets en toile de son aîné pour les donner à Eddie et est-ce que la voiture ne doit pas passer au contrôle technique avant la fin du mois ? Ils peuvent toujours ne pas s'en servir pendant deux semaines jusqu'à ce que les salaires tombent, ils l'ont déjà fait, elle à vélo et Steve en bus, c'est un luxe, de toute façon, la voiture, ils devraient peut-être la vendre tant qu'elle vaut encore quelque chose. Elle saute par-dessus une flaque, sent un muscle froid s'étirer. Elle pourrait faire tout ce qui lui chante à cette heure indue, voler le linge pendu à des étendoirs sur les terrasses couvertes – ça ne marchera pas, se dit-elle, l'air est trop humide, il va falloir qu'ils le rentrent –, piquer un bateau amarré au ponton et partir explorer les îles, mettre le feu à une de ces grosses voitures débiles qui sera suffisamment sèche en dessous, mais elle n'en fera rien parce qu'elle court maintenant, on ne s'arrête pas une fois qu'on a commencé, même pour foutre le feu aux choses qui le méritent. Elle s'était dit que peut-être le vieux couple d'à côté serait en train de se lever, elle a vu l'homme la veille à la même heure assis devant son thé, la porte-fenêtre ouverte sur la pluie, il paraît que les personnes âgées se lèvent tôt. Il est peut-être réveillé, en train de lire dans son lit. Peut-être qu'avec sa femme ils traînent au lit le matin, pour parler, ou même – en tout cas, c'est agréable de se dire que l'avenir pourrait lui réserver ça. Après vingt-cinq années de plus avec Steve. Ou pas. Dieu sait ce qu'ils font ici toute la journée, ces deux-là, elle qui met dix minutes à traîner les pieds et à se cramponner partout pour monter dans sa voiture, elle ne peut sûrement pas faire de randonnée, de bateau, ni de vélo, et qu'est-ce qu'il y a d'autre dans le coin ? Steve dit qu'il a parlé au mari en rentrant du pub, ils ont acheté le chalet flambant neuf il y a trente ans, et ils pensent le revendre, maintenant. À une gentille famille du coin, a dit Steve, citant le mari, mais ils pigent pas, hein, cette génération, quel genre de gentille famille du coin a les moyens de se payer ça ? Bref, le vieux dit que sa femme est pas trop en état de marcher ces temps-ci et qu'elle n'aime pas rester toute seule alors bon, ce serait absurde de continuer à venir ici juste pour regarder la pluie. Il m'a foutu les jetons, a dit Steve, avec ses espèces d'yeux tristes, et puis cette voiture débile.

Suivre le sentier vers la plage où les gens mettent leur bateau à l'eau, chaque feuille frémit sous les gouttes de pluie, dans la boue glissante le tout est de faire de petites foulées, ne pas rester sur le sol assez longtemps pour glisser, comme sur la glace, les pieds sont faits pour rester en suspension, pour se repousser, pas pour atterrir. Justine ne sera jamais comme la femme de ce vieillard, elle continuera à courir jusqu'à la mort. C'est mal d'être enclin à la critique, elle le sait, et elle le dit aux garçons, on ne devient pas gros ou lent par choix, personne ne se lève un beau jour en décidant de manger jusqu'à ne plus pouvoir bouger, alors un peu de compassion s'il vous plaît, un peu de décence, c'est la moindre des choses, mais on voit des gens parfois, quand on court vite et qu'on transpire à grosses gouttes, surtout des vieilles dames, poudrées et rouge à lèvres, qui vacillent jusqu'au magasin au coin de la rue derrière un de ces chariots parce qu'elles n'ont pas pris la peine de soulever autre chose que des biscuits depuis la ménopause, et qui vous regardent d'un air mauvais. Quel manque d'élégance, ce débardeur en résille et ce visage rouge, elle devrait être chez elle avec ses gamins. Ou encore ces femmes énormes un jour à Scarborough, qui bringuebalaient le long de la Promenade comme des camionnettes de laitier et qui lui ont crié salope de maigre, et elle s'est dit, qu'est-ce que vous comptez faire, hein, me courir après, allez-y mes belles, je vous regarde. On ne peut pas s'empêcher de se dire, si vous aviez fait un peu plus de *ceci*, vous ne seriez pas comme *cela*, n'est-ce pas ?

Remonter l'allée en direction de la route, du bout de la route, les pierres dures dans la boue meuble. Contourner la barrière qu'il faut activer avec une clé électronique pour la franchir, comme si les propriétaires du parc s'attendaient à une voiture-bélier ou à un fourgon de terroristes. Sur le bitume, plus facile. Les limaces sont de sortie, celles avec des traits orange, et les vers noyés dans les flaques, blancs et boursouflés comme de la peau morte. Elle court sur les orteils, évite agilement les corps gélatineux. Les choses ne devraient pas être faites comme ça, sans protection, à la merci d'un coup de bec ou d'aile, des bottes et des pneus. Les créatures dignes de ce nom s'enfuient quand on court vers elles. Pas de voitures, elle ne s'embête même pas à tendre l'oreille et monte le volume tandis que son corps trouve son rythme. Voilà. Longer le pub, remonter vers le grand parking au bout de la route sous les arbres, vide, exception faite d'une tente plantée illégalement près de la zone de pique-nique. Elle est là depuis des jours, mais est-ce que des campeurs ne voudraient pas profiter des sanitaires du camping au bord de l'eau ou alors carrément être loin de tout, perdus dans les collines ? C'est un peu bizarre, non, de rôder à la lisière du village vacances ? Ils sont en train de dormir, se dit-elle, de l'autre côté de ce tissu bleu, allongés par terre. Tout psychopathe en combinaison de plongée commencerait par là, *a priori*, se pencherait et remonterait la fermeture éclair pour passer sa tête encagoulée de néoprène. Elle distingue la forme d'une épaule protubérante sur le côté de la tente, maintenant la couche intérieure en contact avec la couche extérieure. Le pauvre. À moins, bien sûr, qu'il s'agisse du psychopathe. Il faut bien qu'ils dorment quelque part, les tueurs en série, en fait ils doivent même rôder aux abords des habitations. Mais arrête, c'est juste un mec qui ne peut pas se payer le camping, est-ce qu'elle ne l'a pas fait elle-même, il y a des lustres au bord du sentier des Pennines, camping sauvage et douche chaude volée ? Ses pieds trouvent la piste, la portent au-delà du point de départ pour la montagne. Un de ces jours, elle courra jusqu'en haut, c'est un chemin assez facile, mais pas sous la pluie, elle ne verrait rien depuis le sommet, et n'est-ce pas tout l'intérêt de grimper une montagne : regarder d'en haut les gens qui sont restés en bas ?

À bout de souffle, allons, pas trop vite. Il y a une sensation semblable à un changement de vitesse qui survient après les dix premières minutes, comme si le moteur peinait puis tournait en douceur, ça y est ça ne va pas tarder, en attendant regarde les chênes, leur profondeur bleutée, et les gouttelettes accrochées aux aiguilles de pin comme des décorations de Noël, et son débardeur qui s'assombrit, commence à la coller. Ça sent la verdure fraîche, il y a des aiguilles et des pommes de pin tombées, souples sous ses semelles. Enjamber une flaque, ça y est c'est plus facile, les pieds mouillés ne seront plus un problème dans quelques instants, une fois qu'ils seront chauds, et voilà le changement, le rythme de la course, c'est comme entrer dans un lac quand le corps dit, mais elle est gelée, et là ce sont tes seins, ils sont censés rester au chaud, mais on continue à avancer, on nage, on file, les poumons et le ventre flottent comme avant la naissance et l'eau n'est pas froide, une fois qu'on s'y est habitué. La course, c'est pareil, après le premier kilomètre. Le corps s'y fait.

Passer le petit promontoire, la piste plus abrupte, les cailloux plus gros, les pieds acrobates. Elle pourrait voir les montagnes au bout de la vallée, de cet endroit, s'il n'y avait pas ces nuages. Il y a cette vieille grange en pierre dans la clairière, près des vestiges de la maison ; la famille qui vivait là a dû construire une grange plus solide que l'habitation, il y a des centaines d'années, quelle qu'ait été l'époque. Des gens vivaient ici de façon permanente, il y a des ruines de cottages et d'étables à vaches tout le long du chemin. De l'élevage, suppose-t-elle, sûrement de la pêche, mais aussi de petites carrières par-ci par-là. Tout ce qu'il fallait faire pour s'en sortir, comme à la maison, mais en plus difficile ; plus froid, plus sale, moins confortable. Elle lèche l'eau qui coule de ses cheveux et son débardeur est noir tellement il est trempé, elle va peut-être l'enlever, après tout il y a des femmes qui courent en crop top, et elle est aussi en forme que les autres, avec ses abdos visibles malgré la quarantaine et deux grossesses, mais quand même, à son âge, quoiqu'elle ferait peut-être mieux de tout retirer, toutes les fringues à part les chaussettes chères et les chaussures, voilà qui ferait fuir les méchants qui rôdent dans les bois, une femme d'âge mûr avec une toison à l'ancienne, courant douze kilomètres en une heure. Enfin presque, parfois. Elle ne compte pas, ça lui est égal. Si ça ne plaît pas à Steve, s'il regarde du porno et voit les alternatives, il a jugé plus sage de ne rien dire. Ils devraient le refaire bientôt, vraiment, tant pis pour les cloisons minces de la salle de bains, ça doit faire deux semaines, ou trois – quatre ? –, et même quand elle n'a pas envie, ça semble leur faire du bien, comme huiler sa chaîne de vélo, ce n'est pas nécessairement marrant mais ça empêche que tout déraille.

Le nuage tourbillonne en travers de la piste devant elle. Gravir la colline, attention au gravier qui chasse. Accélérer, le sommet n'est plus loin, un peu de cardio. Une douleur fugace dans le genou, ça arrive, la brume se dissipe, elle la voit se déliter sous ses pieds en mouvement, remplir le lac et la vallée. Le temps ne s'éclaircit pas pour autant en hauteur, il pleut toujours, pas de ciel bleu ni rien de ce genre, elle ne voit même pas l'autre côté du lac, mais qui voudrait de cette vue, ce n'est qu'un courant continu de voitures, de camions et de cars qui se dirigent vers les Highlands, toutes ces bottes en caoutchouc, toutes ces boîtes en fer-blanc remplies de biscuits, toutes ces familles anglaises qui se sont convaincues qu'au sud le littoral est bondé et trop cher et que la splendeur des paysages écossais compense le mauvais temps, s'engouffrant sur cette même route pour se déverser dans les montagnes et sur la côte à l'autre bout, qui a envie de voir ça ? C'est pour ça qu'elle a choisi ce village vacances, de ce côté. Les gens devaient y être différents, plus du genre de Justine, ceux qui n'ont pas besoin de nourriture frite et de boissons lactées chaudes et sucrées à disposition, de boutiques souvenirs et de toilettes publiques, des gens qui sont prêts à sortir de leur voiture, n'ont pas peur de la pluie, se divertissent par des moyens impliquant leurs deux pieds pour les emmener loin de tout ça. Ou du moins c'est ce qu'elle aurait pensé ; de ce qu'elle en a vu, beaucoup de vacanciers ne quittent leur chalet que pour leur voiture, ils doivent passer des heures en allers-retours sur cette route tous les jours, pas étonnant que la circulation à vélo soit risquée pour les enfants.

Tout droit entre les arbres, le chemin veiné de racines, plus la peine d'éviter les flaques tellement elle est trempée. Les randonneurs seront bientôt de sortie, ceux qui effectuent le parcours intégral sous leur sac à dos énorme, les mollets nus à la merci des tiques, ce qui n'est pas très intelligent par ici, condamnés par les réservations en auberge à aller au bout de leur trajet, quel que soit le temps. Elle pourrait le faire en courant, se dit-elle, ça lui plairait, mais pas avec ces gros sacs. Elle aimerait courir de Penzance à John o' Groats, de Paris à Vienne. Enfin, peut-être pas par la montagne mais ça peut sûrement se contourner, par le Danube par exemple ? Cela dit, elle serait capable de passer quelques cols, tout ce qui se fait à vélo, elle peut le faire à la course. Elle aimerait courir de San Francisco à Vancouver, quoique les enfants lui manqueraient.

Derrière la musique, les sons autour d'elle changent. Une bourrasque se lève sur la colline, hérisse les arbres, oriente la pluie à l'oblique dans son visage. Très bien, la pluie, si c'est ce que tu veux.

Elle songe au sang qui coule sous sa peau et à la pluie dessus, à cette membrane pouvant s'ouvrir si facilement, aux filets de sang mêlés à l'eau. Elle a accouché d'Eddie dans l'eau, senti les eaux qu'elle perdait dans le bassin, des poupées russes de membrane et de fluides. Les feuilles frémissent dans le vent et la pluie, les valves de son cœur palpitent, les courants filent dans le loch en contrebas de ses pieds qui courent et la pluie s'infiltre dans la terre, où les racines de chêne et de bouleau s'enfoncent et s'étalent sur une surface plus vaste que la partie aérienne des arbres. Il y a des voies d'eau souterraines, n'est-ce pas, ça suinte et ça ruisselle, et les ramifications qui parcourent son corps, la rivière aortique et ses affluents s'écoulant de ses doigts et orteils, la faisant avancer. Plus vite, alors. Plus vite.

Le vent soulève la brume, lui aménage un espace entre le sentier caillouteux et le ciel bas. De la place pour respirer, elle cale son allure. Elle sent les muscles de son centre réagir, son abdomen et son dos qui la soutiennent, laisse ses cuisses, mollets et les muscles et tendons abstraits de ses chevilles et de ses pieds s'étirer et résister, se soulever et atterrir. Elle pourrait continuer pour toujours, c'est plus facile que faire demi-tour, mais elle doit revenir, préparer le petit-déjeuner, veiller à ce que les enfants se brossent les dents, leur créer leur journée, mais pas tout de suite, encore quelques minutes, jusqu'à l'endroit où la piste s'aplanit, s'élargit, où, si le temps était dégagé, elle verrait à des kilomètres, le loch, la ville, la gare et le sommet de la montagne et toute la chaîne des Highlands dépassant derrière, s'étendant au sud. De l'espace pour respirer, humidité, chêne, pin, ses pieds qui trouvent leur chemin, pluie et sueur dans ses yeux, elle s'en souviendra plus tard dans l'année quand elle courra à la lumière orangée des lampadaires sous un ciel marron, en faisant gaffe aux étrons, elle se rappellera comme elle aurait pu continuer.

La piste tourne et revient sous les arbres, de tout petits ruisseaux charrient de la terre et du sable vers le loch, les motifs des sédiments pareils aux ondulations sur la plage. Elle ne voit pas l'intérêt de descendre pour faire demi-tour et remonter, elle pourrait tourner ici. Non qu'elle évite les montées qui sont sur son chemin, mais elle ne va pas non plus les chercher, ne s'impose pas d'entraînement, de pauses et de montées à répétition, ne s'est pas inscrite au club de course à pied, ne court que contre elle-même.

Mais tu pourrais sûrement courir un marathon, lui dit Vicky, Vicky qui tous les six mois entame le défi "Du canap aux 5 kilomètres" et abandonne parce qu'elle est trop occupée, ou qu'il ne fait pas beau, ou qu'elle n'aime pas être dehors quand il fait nuit. Bien sûr que Justine pourrait courir un marathon, elle court quarante kilomètres à l'occasion pour montrer qu'elle en est capable et ce n'est pas difficile, il suffit de continuer à courir jusqu'au bout, mais elle ne voit pas pourquoi elle devrait le faire, juste parce qu'un mec de Grèce antique était trop excité pour se dégoter un cheval, un char ou quel que soit ce que les gens utilisaient pour aller plus vite qu'en marchant. Les femmes courent des marathons, c'est sûr, et bonne chance à elles, mais ça semble tellement être un truc de mecs, quarante-deux virgule elle ne sait combien de kilomètres et tout ce bla-bla autour des minutes et des secondes et des fractionnés et des records personnels, est-ce qu'on n'est pas déjà assez mesurés, enregistrés et jugés insuffisants de nos jours ? Pourquoi ne pas se contenter de courir ?

Bon, elle est en bas de la colline maintenant, autant continuer encore un peu, rien que quelques minutes, ils dormiront certainement quand elle rentrera de toute façon, quoique, Steve sera peut-être en peignoir, en train de se tripoter les pieds en faisant les mots croisés du journal de la semaine dernière, ce qui est absurde mais inoffensif – les mots croisés, pas le triturage des pieds, activité qui, elle, expose ses doigts au risque d'un châtiment à l'aide d'un outil domestique, le fer ou la grosse poêle orange, ce dont il ne semble pas bien se méfier. Ça ne change rien, n'est-ce pas, de résoudre une énigme, on n'apprend rien, on ne produit rien. Steve dit que c'est de la gymnastique pour le cerveau, ça prévient la sénilité, courir ne change rien non plus, tu as ton passe-temps, laisse-moi avoir le mien. En tout cas, c'est un peu bizarre de courir autant, dit-il, ce n'est pas normal, tu dois bien le savoir, tu es accro. Va te faire voir, dit-elle, oui, je sais parfaitement que ce n'est pas normal, la normalité c'est rester assis sur le canapé à s'empiffrer de gâteau et se plaindre de son poids jusqu'au jour où on déclare un diabète de type II, on se fait amputer des pieds et puis on meurt, non merci. Et puis elle est de retour avant que les enfants se lèvent, non, et si ça la maintient bien dans sa tête et dans son corps jusqu'à un âge avancé il devrait en être reconnaissant, elle sait qui prendra soin de qui.

Il faut qu'elle fasse demi-tour. Elle entend ses enfants remuer dans leur lit, hume leur haleine du matin, sent au bout de ses doigts l'âpreté de leurs cheveux emmêlés. Il y aura le peti-peta des pieds nus sur la moquette, des érections matinales miniatures dans des pyjamas dinosaure. Elle va juste pousser jusqu'à la baie, où le loch polit les rochers et les racines d'arbres sous le brouillard, un moelleux entre eau et terre, presque une plage, et elle y fera une pause, un instant de triomphe avant de rentrer.

Et elle la fait, cette pause, elle se repose, inhale l'air du matin à travers la pluie, se tient immobile, laisse l'eau dégouliner de ses cheveux et de son débardeur. Elle est là, sous cette montagne, au bord de ce loch. Ici, maintenant.

Elle se remet en route avant que ses muscles se refroidissent, avant que l'équation de son corps change encore, remonte la colline, passe sous les arbres, longe le rivage. Il y a un randonneur, et un groupe de deux autres, momifiés dans leurs blousons, pantalons et guêtres imperméables, leurs sacs à dos enveloppés de bâche. Allez cours, pense-t-elle, enlève tout et cours, et elle est au sommet de la colline qui domine le parking quand ça lui arrive encore. Est-ce que ça donne l'impression d'un poisson dans la poitrine, lui a demandé le docteur, les patients disent souvent que c'est comme un poisson qui se débat. Un peu, a-t-elle répondu en le regardant passer la sonde sur les os au-dessus de sa poitrine, la même qu'elle avait eue sur le ventre pour les bébés, se disant que ça faisait quand même plus comme un oiseau, une palpitation, un effleurement, rien d'inquiétant, rien qui vaille la peine de consulter – si elle ne s'était pas écroulée en haut de l'escalier au travail. Finalement ce n'était rien, a-t-elle dit plus tard à Steve, aux ressources humaines, et à sa mère, après l'ambulance, l'oxygène et l'ECG. Rien du tout, j'avais couru ce matin-là et pas pris le temps d'un petit-déjeuner, j'ai toujours été du genre à tomber dans les pommes, tu te rappelles quand j'étais enceinte de Noah ? Aucune raison que j'arrête de courir, rien qu'un petit malaise.

Cette fois, c'est plus qu'un battement d'ailes, tandis qu'elle patauge dans la flaque marron qui couvre désormais toute la largeur de la piste. Elle se dit, en souriant à l'idée de la ménagerie qu'elle imagine dans sa cage thoracique, de toute la chaîne alimentaire réunie dans les chambres de son cœur, que ça ressemble davantage à un petit mammifère, avec des pattes véloces. Plus petit qu'un lièvre. Un campagnol. Docteur, il y a un campagnol dans mon ventricule gauche. Un de ces jours, pense-t-elle, un de ces jours, ma belle, et elle enlève son débardeur trempé, le roule en boule dans son poing, accélère la cadence, court ventre nu sous la pluie, devant la tente, à travers les arbres, et contourne les barrières au bout du village vacances, passe les cyclistes, les bonbonnes de gaz bleues, le linge distendu et le vieil homme toujours assis à sa porte-fenêtre avec une tasse de thé. La sécurité avant tout, a dit le médecin spécialiste dans la salle rose surchauffée dont les machines se reposaient entre chaque patient, nous devons d'abord penser à vos enfants, ils ont besoin de leur mère, n'est-ce pas, c'est pourquoi je crains de devoir vous conseiller de ne plus sortir courir. Et si vous ne pouvez vraiment pas appliquer ce conseil, je vous enjoindrai en tout cas de ne pas partir loin, ne repoussez pas vos limites, ne courez jamais seule.

Mais qu'y pourrait une autre personne, si son cœur s'arrêtait ? En quoi ça l'aiderait, d'avoir un témoin ?

à l'époque des premières plantes

Voici la ligne de faille des Highlands, la séparation entre les montagnes et les plaines il y a 420 millions d'années, quand la roche qui constitue désormais l'Écosse était au sud de l'équateur. Le grès du Sud était produit par les cours d'eau intermittents charriant le sable et les cailloux des montagnes à l'époque des premières plantes.

Cette eau était-elle brune à cause des sédiments, est-ce qu'elle moussait ?

Les sons des rivières ont-ils changé au cours de tous ces millénaires ?

De quoi était fait le lit de la rivière, avant la roche mère ?

La terre sous nos pieds, très loin sous nos pieds, sous nos bâtiments, routes, tuyaux, réseaux de métro, mines et même sous la fracturation hydraulique, sous les vallées, les lacs les plus profonds et les abysses du plancher océanique, est en constante mutation, formation, évolution. Nous écrivons à la surface mais la surface bouge.

Tenez : au nord, la série du Dalradien, roche métamorphique du Précambrien.

Au sud, les roches sédimentaires du Dévonien, du début et de la fin de la période, empreintes du corps des plantes primitives.

Au commencement étaient la terre et le feu. Cet endroit existait-il, alors ? L'Écosse ?

L'histoire de la roche mère devrait-elle nous consoler, dans le temps géologique ?

le contraire de la danse

Depuis toutes les années qu'il se lève et quitte la maison avant que quiconque soit réveillé, David sait partir sans qu'on l'entende. Avant, il laissait la meilleure moitié de lui-même hanter sa place légitime à côté d'elle tandis que la moitié qui filait en douce, sa moitié docteur, se glissait dans la cage d'escalier puis la cuisine, fermait la porte sans bruit et n'allumait pas la radio – bien qu'il eût aimé écouter les nouvelles – pendant qu'il préparait du café et des toasts et lisait la partie du journal du week-end assignée à ce jour. Earl Grey dans le passe-thé au fermoir capricieux, un nuage de lait dans la tasse en porcelaine décorée de violettes qu'il lui a offerte il y a des années, pas trop pleine, parce que la dernière chose qu'il faisait avant de mettre ses chaussures et sa veste, attraper sa mallette et partir, c'était remonter à l'étage avec le thé et dire Mary, Mary chérie, j'y vais, bonne journée. Il fallait qu'elle soit efficace, cette tasse de thé : quand les enfants étaient petits, des jours entiers passaient sans qu'il les voie éveillés, et il n'avait pas toujours ses week-ends. Maintenant il prépare le thé quand elle se réveille et non avant.

C'est plus difficile ici dans le chalet qu'à la maison de la laisser tranquille, mais il a de l'entraînement, et s'il lui arrive de soupçonner qu'elle fait semblant de dormir, ne veut pas déjà avoir affaire à lui ou à la journée qui s'annonce, espère lire quelques minutes une fois qu'il sera hors de vue, il ne le dit pas. N'est-ce pas ce qu'il recherche lui aussi, une heure de solitude volée ? Il y a des moments de sa retraite qui semblent être le contraire de la danse, une partie quotidienne de cache-cache dans laquelle le but indicible est d'éviter l'être aimé. Il appuie sur le piston de la cafetière – ça ne vaut pas le coup d'avoir une cafetière électrique ici – et l'apporte, avec une grosse tasse en faïence inélégante, jusqu'à la table. Il se débat avec le verrou, fait coulisser la porte-fenêtre, laisse entrer le jour. Il fait froid, va-t-elle dire, peut-on fermer cette porte, sous-entendu pourquoi l'as-tu ouverte, tu sais que je n'aime pas les courants d'air, mais pour l'instant il peut s'asseoir là et être à la fois dehors et dedans, respirer le vent et la pluie depuis son fauteuil confortable en velours avec son café. De plus haut que nécessaire, il verse le liquide, dont il admire la chute et les volutes de vapeur qui s'en dégagent, imitation en intérieur de la brume entre les arbres. L'arôme s'élève, un mélange sur lequel il a jeté son dévolu après avoir scruté l'étagère de la nouvelle épicerie fine près de la gare chez eux – un bon signe, l'ouverture de ce magasin, les prix immobiliers tiennent le coup – et qu'il achète désormais en petits sachets, fraîchement torréfié.

Il faut s'attendre à avoir de la pluie ici, mais normalement pas autant que ça. Il pleut des hallebardes, aurait dit son père. Le bout de la route sera inondé à ce train-là. Ce n'est pas de la pluie écossaise, davantage tropicale, non qu'il soit allé ou qu'il ait voulu visiter quelque lieu tropical que ce soit, les insectes, les parasites, la gastroentérite, Melissa était rentrée de ce séjour exactement comme il l'avait prédit, coups de soleil, perte de poids et une fièvre mystérieuse. Le temps va sûrement s'arranger plus tard. C'était toujours ce qui sauvait les vacances quand ils venaient ici à l'époque où les enfants étaient petits, la seule chose qu'on savait sur le temps c'était qu'il ne durerait pas. La plupart des jours, la pluie cessait quelque temps et si ce n'était pas le cas, c'était pour ça qu'étaient faits les cirés et les bottes de pluie, et plus tard les combinaisons de plongée et les kayaks. Son kayak est d'ailleurs toujours sous la terrasse, dans les herbes hautes. Il se peut que des écureuils y aient élu domicile, mais il pourrait le sortir s'il le voulait, cette matière plastique ne pourrit et ne se corrode pas, bien qu'il n'ait pas vu les gilets de sauvetage depuis des années. Eux non plus *a priori* ne se détériorent pas, est-ce qu'ils ne s'échouent pas sur les plages des années et des années après, comme les baskets et les bouteilles en plastique ? Il boit une autre gorgée et voilà cette fille qui loue l'ancien chalet des Pollock, elle court comme si elle avait vu un ours. Elle a enlevé son haut, elle ne doit pas avoir chaud et franchement, à son âge – parfois il devait se faire chaperonner pour ausculter des femmes plus vêtues que ça, une fois que les Indiens ont commencé à emménager en banlieue. Vous seriez surpris par ce qu'on trouve souvent sous ces burqas et ces voiles et tout le reste, il y a de quoi être gêné. Il se penche pour vérifier que personne ne court après la fille, bien qu'il sache qu'elle sort courir presque tous les jours. Il n'aurait pas aimé que Mary fasse ça, toute seule à n'importe quelle heure dans ce lycra, surtout avec ces trucs dans les oreilles, n'importe qui pourrait l'approcher par-derrière sans qu'elle l'entende, et ses enfants, qui s'occupe d'eux pendant qu'elle éreinte ses articulations, dévale la colline en martelant le sol en sous-vêtements ? On dirait qu'elle court en riant, qu'elle se fiche de l'endroit où elle est, comme si le loch et les collines n'étaient qu'une salle de sport géante. Ce parc n'est plus ce qu'il était à l'époque où ils ont acheté leur chalet, il n'attire plus les mêmes catégories de gens. Ils l'ont acheté sur plan, alors qu'il y avait encore de grands arbres dans la zone désormais occupée par les habitations. J'espère que tu te rends compte, a dit Mary, qu'on vient de dépenser la moitié de l'héritage de ton père pour un dessin d'une chose qui n'existe pas encore ? Mais ça aurait plu à son paternel, son fils docteur avec une maison à Bearsden et un chalet dans les Trossachs, et des enfants dans de bonnes écoles. Pourtant, ils auraient dû voir ce qui se profilait, vendre quand Duncan et Maggie étaient partis, ce n'était plus pareil après, même la période où les Pollock sont restés. Ils faisaient des fêtes, au bon vieux temps, il le reconnaît, bien sûr. Les soirs d'été, feu de camp sur la plage, saucisses grillées, un tourbillon d'enfants qui veillaient tard et des adultes assis sur les berges du crépuscule à l'aube. Hogmanay, aussi, le 31 décembre, quand il n'y avait pas trop de neige pour monter en voiture et même quand il y en avait, un hiver il se rappelle que Mary et les enfants étaient descendus de leur vieille Ford rouge et qu'il avait fait ronfler le moteur et réussi à gravir la pente. Mais c'était différent, tout le monde se réunissait, ce n'était pas un chalet qui empêchait tous les autres de dormir et dans les premiers temps c'était de la musique live, Duncan au violon et il y avait un joueur de cornemuse, non, est-ce qu'il affabule ? Il est certain de se souvenir d'une cornemuse, au moins une ou deux fois, dans les circonstances idéales, à savoir sur l'eau. Encore cinq ou dix ans plus tôt, on n'aurait jamais eu le bazar qu'ont fait ces Roumains ces deux dernières nuits, il y avait à l'occasion des plaques d'immatriculation françaises ou allemandes mais les locataires savaient se tenir. Et il n'y avait pas tous ces cyclistes et ces affreux jet-skis dont le bruit ressemble à celui de moustiques amplifiés ni ces coureurs de montagne en habit fluo moulant. Non qu'ils n'aient pas eux-mêmes gravi ces collines, il y a deux ans encore, peut-être trois, quand Marcus venait passer le week-end, que le soleil resplendissait et que des gens courageux nageaient tout le long du rivage, mais la randonnée en montagne ça n'a rien à voir avec la course, on prend le temps d'observer et d'écouter. Les fleurs sauvages, le chant des oiseaux, Mary savait en général les nommer. Il serait encore capable de faire l'ascension. C'est sûr. Enfin, probablement. Mais qui voudrait se lancer, par un temps pareil ? Encore du café.

Il regarde la pluie. Il l'écoute couler sur le toit, tambouriner contre les vitres exposées au sud et dégouliner de la gouttière dans le tuyau d'écoulement. Au Japon, d'après ce que Melissa a dit à Mary, il y a des jardins conçus pour chanter quand il pleut, avec des cylindres de bambou de différentes hauteurs sur des bassins et des cloches en bronze disposées pour que les gouttes de pluie résonnent. On pourrait faire un orchestre avec une vallée écossaise, ou même un village vacances, installer des cloches, des carillons et rendre tout le monde dingue. La gouttière d'à côté ne fournit pas, ça déborde sur leur table de pique-nique en métal. Il aurait dû s'en occuper, Peter, qu'il loue tout le temps son chalet ne veut pas dire que quelqu'un d'autre est responsable de l'entretien. Ils sont toujours tombés d'accord là-dessus, au conseil de gestion, inutile de gaspiller de l'argent pour des concierges et des gardiens et tout le bazar, les hommes sont parfaitement capables de prendre soin de leur propriété. Enfin, certains plus que d'autres. Il vaut toujours mieux partir avant que les choses tournent mal, on se serait attendu à ce que David le sache depuis tout ce temps, ou du moins que ces deux dernières années de travail lui auraient enseigné la leçon. Quoi qu'il en soit, Mary et lui peuvent toujours sortir se promener à l'autre loch, une jolie balade en voiture puis un trajet en ferry. Avant ça ne posait pas de problème de se promener en voiture, juste pour sentir les roues sur l'asphalte et voir les collines défiler à l'envers dans le rétroviseur, pousser les rapports dans les montées et descendre comme sur un toboggan, avant que tout le monde ait une empreinte carbone, ou du moins avant qu'on n'arrête pas de vous seriner avec ça. La route est belle, par là. Mary est sûrement réveillée maintenant, ou presque, alors il pose sa tasse vide et se lève pour lui faire son thé.

C'est Mary qui prépare le petit-déjeuner. Elle n'aime pas qu'il intervienne dans la cuisine, elle est là à soupirer et essuyer le plan de travail alors qu'il s'en sert, sort le sel du placard où il vient de le ranger pour le mettre sur l'étagère, redispose les couteaux à sa guise quand il les range dans leur socle. Ils mangent du muesli, qu'aucun d'eux n'aime tellement, et qui n'est pas tendre avec les gencives, mais c'est bon pour la santé et puis ça ne met pas la cuisine sens dessus dessous, avec un yaourt sans matière grasse et un jus d'orange pulpé au goût remarquablement abominable si on l'oublie et qu'on le boit après le yaourt. Ensuite Mary remplit le lave-vaisselle et nettoie ce qu'elle veut nettoyer pendant qu'il coule un bronze. Il laisse la fenêtre ouverte car il suppose qu'elle en fera de même, bien qu'il se soit déjà dit, depuis qu'il est à la retraite, que Mary semble ne plus chier du tout. Il prend son livre pendant qu'il attend – une vérité sur la retraite, il lit beaucoup plus – et quand enfin elle réapparaît, maquillée, rouge aux lèvres, il lui demande si elle est toujours partante pour sortir aujourd'hui. Mais oui, dit-elle, pourquoi on resterait là, on sera au sec sur le ferry et c'est un petit café agréable, je pourrai m'asseoir au chaud et dessiner. C'est ce que je me disais, répond-il, je vais prendre mon ciré, je ferai une petite promenade.

Elle lui prend le bras et franchit le seuil, et de l'autre main il tient le parapluie au-dessus de sa tête. Il sait qu'elle appréhende de marcher sur le bois mouillé, bien qu'il ne soit pas glissant, et les trois marches jusqu'au gravier. Elle a peur de tomber, de ne plus se relever, d'affronter l'indignité, la douleur. Ou ce n'est peut-être pas aussi précis, elle craint peut-être seulement qu'"il arrive quelque chose", et qu'il n'y ait personne pour lui venir en aide, pas de joyeuse équipe de secours en vert. Il l'escorte jusqu'à la voiture, se règle sur son allure, change le parapluie de main pour lui ouvrir la portière, le rechange encore quand elle s'agrippe à son bras pour s'asseoir sur le siège passager et poser son sac à main sur ses genoux comme un chat roulé en boule, claque sa portière et retourne fermer le chalet à clé. Le vent souffle sous le parapluie. Étrangement c'est grave qu'elle se fasse mouiller mais pas grave si c'est lui. Il suffit de marcher, se dit-il, cette démonstration de fragilité est devenue autoréalisatrice il y a des mois. Enfile des bottes et reste droite dedans. Ils sont à un âge où l'on perd ce dont on ne se sert pas, encore plus vite que ce dont on se sert.

Il secoue la pluie de son ciré, monte à bord de la voiture. Les vitres sont déjà couvertes de buée à cause de la chaleur que dégage Mary et, bien que ce véhicule dissipe la condensation sous vos yeux, comme un tour de magie, il se penche en avant pour essuyer le pare-brise avec sa manche. C'est typiquement ce qu'il considère comme une perte de temps, attendre le système antibuée, faire tourner le moteur sans aller nulle part. Il démarre, remonte trop vite le sentier de gravier jusqu'à la barrière. À côté de lui, Mary soupire, se cramponne à son sac à main.

Ils ne sont pas très loin du café, à vol d'oiseau. Avant, ils couvraient la distance à pied tous les étés, parfois plus d'une fois par semaine ; quinze kilomètres l'aller, mais on peut prendre son temps, on ne risque pas de se faire piéger par la nuit à cette époque de l'année. Si on emprunte le parcours qui longe le rivage jusqu'à la rivière, la route ancienne vous mène à travers bois jusqu'au loch suivant, à cette grande maison sur la berge avec ses annexes réhabilitées et sa jetée. C'est là que se trouve le café, dans ce qui était le hangar à bateaux, un mur fait de hautes vitres voûtées, à l'endroit où les canots à rames du propriétaire s'agitaient autrefois. Dans leur salon, il y a une photo délavée par le soleil de Mary et de Melissa à seize ans sur cette route, qui se retournent pour lui sourire – il se rappelle la tendresse qui succédait à ces disputes entre mère et fille éclatant au cours de l'été comme l'orage dans les montagnes, jamais assez loin pour qu'on cesse totalement d'y penser – et dans un des albums de Mary, il y a toute une série de photos où les enfants chahutent sur la plage, jouent pourrait-on presque dire, avec un abandon que leur âge leur avait fait délaisser partout ailleurs qu'au chalet.

Mais Mary n'a plus les ailes pour les distances à vol d'oiseau. Il roule vite. Bon, ça fait trente ans qu'il la prend, cette route, non, il la connaît comme il connaît l'anatomie humaine. Mary s'agrippe à la poignée au-dessus de sa portière et tient bon, inspire comme pour dire quelque chose mais garde le silence. Il change de vitesse, se demande quelles seront les connaissances qui le quitteront en dernier, si ses voies neuronales oublieront leur propre direction avant qu'il perde la carte de leur réseau, si la ville dans laquelle il a vécu toute sa vie se brouillera et se mélangera alors qu'il retiendra tous ses anciens moyens mnémotechniques de l'école de médecine ? Se rappellera-t-il le visage de sa mère enterrée depuis longtemps alors qu'il ne pourra plus dire comment s'appelle le Premier ministre ? Il est encore capable d'apprendre, bien sûr. Lit régulièrement le *British Medical Journal* et compte s'inscrire à un cours d'italien à l'automne. Il se pourrait même qu'ils partent en Italie l'été prochain, s'ils vendent le chalet, autant faire ça. Marcher dans les vignes, Mary irait au musée. Oups, un vélo. Plutôt lui que moi, par ce temps. David, ça suffit, dit Mary, tu as failli renverser ce pauvre bougre, tu veux bien ralentir pour l'amour du ciel.

Dans le virage suivant, il accélère, sent les roues arrière chasser très légèrement tandis qu'ils se penchent vers l'intérieur. C'est à ça que sert l'ABS, n'est-ce pas, et tous ces autres sigles qu'il a payés une fortune ? Avec cette voiture on ne pourrait pas faire de sortie de route même si on essayait. Si tu refuses de ralentir, dit-elle, autant te garer et me déposer ici, je rentrerai au chalet à pied.

Faux.

Ce n'est pas pour nous que je me fais du souci, précise-t-elle, il y a des gens qui courent, des enfants sur des vélos et j'en passe, c'est impossible, je refuse que tu conduises comme ça.

D'accord, dit-il, calme-toi. Il entend Melissa dans un coin de sa tête, l'étudiante autoritaire qui savait tout sur tout et avait découvert au bout d'un an de français et de sociologie comment chacun devait se comporter, en toutes circonstances. Ne t'avise pas de me dire de me calmer. Cette génération a oublié qui leur a donné la loi sur l'égalité des chances, qui a fait de la place aux femmes dans la médecine, qui a traité de la même façon les patients noirs et blancs, riches et pauvres, pour la première fois, qui a donné la contraception aux femmes et pratiqué des avortements le premier jour où ils ont été légaux. Il y a pire, ma chérie, que se voir inviter à se calmer quand on se met dans tous ses états.

Les essuie-glaces, qui détectent l'intensité de la pluviométrie et s'y adaptent, ralentissent leur cadence. Il met son clignotant et prend le virage en épingle en direction des lacets qui gravissent la pente, un miracle d'ingénierie financé par l'Union européenne qui doit voir une douzaine de voitures par jour, hors saison. Comment les Anglais ont-ils pu être aussi stupides, pense-t-il en vain, comment ont-ils pu ne pas voir les panneaux aux étoiles jaunes au bord des nouvelles routes, devant les hôpitaux neufs, les chemins de fer modernisés, les centres-villes revitalisés ces trente dernières années ?

Ils sont largement en avance pour le premier ferry de la journée, et il n'y a pas beaucoup de véhicules sur le parking truffé de nids-de-poule. Ces eaux sont plus tumultueuses que chez eux, agitées par un vent plus violent et le nuage de la vallée est plus haut bien qu'il pleuve toujours. Les gouttes font des ronds dans les flaques et il laisse passer plusieurs emplacements pour en trouver un où Mary ne craindra pas de se mouiller les pieds. Il se demande à quel endroit de leur trajet le temps aurait changé s'ils avaient marché, se seraient-ils retrouvés dans le déluge, aurait-il senti la pluie battre son visage et apprécié la protection efficace de son ciré ? Il sortira un moment, quand elle sera au café. Il longera le rivage où les enfants s'affrontaient autrefois pour savoir qui construirait la tour de galets la plus haute et se mettaient au défi d'avancer toujours plus loin dans une eau anormalement glacée.

La voiture détectant l'obscurité, tous les voyants intérieurs s'allument lorsqu'il coupe le moteur. Mais quand même, se dit-il en sortant, il pleut moins. Il se met debout pour faire ses lacets, se penche sans plier les genoux, sent les tendons derrière ses cuisses s'étirer.

Il tend le parapluie au-dessus de la tête de sa femme, comme le portier d'un hôtel chic, en l'aidant à sortir du véhicule, attend qu'elle se stabilise avant de fermer la portière et de verrouiller avec le bip. Il y a eu une phase où elle fermait sa petite voiture avec les clés à l'intérieur. Presque une fois par semaine quand il rentrait à la maison, il devait forcer la vitre latérale avec le cintre déplié qu'il gardait désormais sous la main dans le garage. Ce n'est que récemment que ça l'a effleuré : quand les cours de formation professionnelle continue s'étaient mis à blablater sur la dépression post-partum, il s'était rappelé que Marcus était un nourrisson et Melissa une toute petite fille cet hiver-là et il voyait beaucoup de femmes dans cette situation, trop fatiguées pour avoir les idées claires, voire, en effet, déprimées. Overdoses non intentionnelles, bêtes accidents domestiques, les maladies de l'épuisement, de l'immunité en chute libre. Non qu'il ait choisi de travailler autant d'heures. Simplement, c'était comme ça, quand on était docteur, à l'époque. Il sauvait des vies, non ? Les gens venaient le trouver avec leur inquiétude, leur souffrance, et il leur permettait d'aller mieux, le NHS leur permettait d'aller mieux, encore et encore sans que quiconque ait à se soucier de combien ça allait lui coûter. Et puis, il offrait à Mary et aux enfants une vie confortable, tous ces frais scolaires, et elle n'a jamais eu besoin de travailler, de s'inquiéter, rien à voir avec la vie de sa mère à lui. C'était ce qui incombait à un homme, et ça n'avait rien de facile ni d'amusant, mais il le faisait, il subvenait aux besoins de sa famille. Regarde, dit-elle, on dirait que le soleil va peut-être pointer son nez, par là-bas. Mais le soleil ne va pas se montrer avant un bail. On dirait qu'il ne brillera jamais plus, qu'il n'est même probablement plus là-haut, qu'il dérive loin de nous, écœuré, en direction d'un autre groupe de planètes. Il tapote la main qui lui tient le bras, la serre brièvement, elle lève la tête et sourit.

Bien sûr, à bord du ferry, elle veut s'asseoir au niveau inférieur, comme, pour être honnête, les autres passagers *a priori* les plus robustes, y compris les couples en bottes et cirés, qui ont sûrement prévu de marcher quel que soit le temps. Avant, David et Mary s'installaient toujours au niveau supérieur, même lorsque la tempête soufflait dans la vallée, et au bout de dix minutes l'équipage leur demandait d'aller s'asseoir à l'intérieur, parce que c'était dangereux pour les enfants. Un jour il avait pincé Marcus en train de cracher par-dessus bord, et bien qu'il l'ait grondé, il avait compris son geste. Il y a quelque chose dans les chutes mortelles qui vous pousse à lâcher un petit bout de vous, ne serait-ce qu'un crachat, dans le vide. Je monte, dit-il, juste quelques minutes. Tu vas te tremper la couenne, dit-elle.

Il remonte sa capuche en enjambant le seuil, ce bateau étant apparemment conçu pour la haute mer, pour les vagues écumantes. Il se demande comment ils l'ont fait venir ici, avant que la route européenne soit construite, un navire d'acier pouvant transporter cent personnes sur un lac, dans une vallée à cinq cents mètres au-dessus du niveau de la mer et, surtout, quatre cents mètres au-dessus de la route la plus proche. Il gravit les marches métalliques jusqu'au pont supérieur, sa main sur la rambarde dégoulinante à l'abri dans son gant imperméable, chaude et sèche. La pluie martèle ses épaules et sa capuche. Il se hisse à l'aide de la rambarde, sent ses os se mettre à vibrer avec le navire quand les machines se mettent en marche et que les deux adolescents en veste légère avec le nom du bateau écrit dans le dos larguent les amarres et enroulent les cordes. Il regarde les eaux noires s'étirer, les coteaux gris et les arbres humides s'éloigner. Ce loch, c'est le meilleur endroit de sa vie, cette double retraite, la vallée où il vient depuis son chalet forestier pour trouver la paix et le silence, et il est désolé si c'est un cliché, si Dorothy Wordsworth, ce fichu Sir Walter Scott et la reine Victoria elle-même ressentaient la même chose, mais les clichés n'en seraient pas s'ils n'étaient pas avérés.

Il descend retrouver Mary après avoir essuyé la pluie de ses lunettes une troisième fois, et il la trouve, comme il s'y attendait, en train de bavarder, cette fois avec le couple de randonneurs, qui a étalé sa carte IGN sur la table. On adore cet endroit, dit la fille, un de ces accents anglais ayant évolué pour être audible de la table d'honneur ou du pont d'un navire de guerre ou de n'importe quel poste d'autorité à disposition, et certes le droit d'accès à la nature est formidable mais est-ce que ça ne serait pas plus facile s'il existait des sentiers publics tracés à la fois dans le sol et sur les cartes, c'est très bien de pouvoir marcher n'importe où mais on met une éternité à trouver certains sentiers. Mais, dit Mary, vous avez bien un ampli ou je ne sais quoi sur votre bidule, ce n'est pas comme ça que font les gens de nos jours ? Non mais franchement, se dit-il, elle sait ce qu'est un téléphone portable, il en avait un dans les années 1980, ça a révolutionné ses jours de garde. Et elle sait ce qu'est une appli, de quoi se sert-elle d'après elle pour communiquer avec Melissa ? Téléphone, dit le garçon, une appli sur mon téléphone. Oui, bon, dit-elle, il vaut quand même mieux prendre une boussole aussi, au cas où. Les cartes sont vendues avec un lien de téléchargement maintenant, reprend le garçon, et on peut les synchroniser avec son GPS, mais malgré ça, on ne peut pas trouver un chemin quand il n'est pas sur la carte. On espère qu'assez de gens seront passés avant nous pour avoir tracé un sentier acceptable. Il y en avait un, intervient David, il y a cinq ans. Je ne suis pas monté depuis, mais je doute qu'il ait disparu. Et si vous savez vous repérer sur la montagne et que la visibilité est bonne, pas besoin de carte, c'est tout l'intérêt du droit d'accès à la nature, on peut se servir de son bon sens et lire le paysage. Mary braque son regard sur lui. Oh, dit le garçon, on fera de notre mieux, et si ça marche, on vous verra peut-être sur le trajet retour, passez une bonne journée.

Ce n'était pas la peine de leur parler ainsi, dit Mary, est-ce qu'on ne s'est pas perdus, nous, à l'époque ? Il se lève pour regarder par les vitres embuées les formes vagues de la jetée, des bâtiments, des garçons qui s'activent sur le pont. Des bruits de pas au-dessus de leur tête, le navire fait une embardée et les machines rugissent. Avant, ils attendaient sur le pont, prêts à sauter sur la jetée dès que la passerelle était abaissée. Peut-être, dit-il, mais je n'ai jamais rejeté la faute sur le gouvernement écossais, ils n'avaient qu'à rester en Angleterre avec leurs sentiers publics et leur mesquin petit gouvernement si ça ne leur plaît pas ici. Mais tais-toi donc, dit-elle, aide-moi à monter les marches.

Il a besoin de l'aide des matelots pour que Mary franchisse le pas entre le bateau et le ponton. Il la sent se crisper à mesure qu'ils en approchent et elle se fige dans l'ouverture du bastingage, se voit tomber, se coincer le pied dans le trou entre le pont mobile et les rondins humides de la jetée, ou alors se fier au bois mais glisser sitôt le pied posé et s'étaler, cassée, sous le regard des matelots et du couple en train de consulter sa carte devant le café. Tu ne vas pas tomber, a-t-il envie de dire, mais ça ne changera rien. Je te tiens, dit-il à la place, et l'un des jeunes ajoute, on ne vous laissera pas tomber, m'dame, promis, cramponnez-vous à moi. Je peux m'en charger, pense-t-il, c'est ma femme, mais le garçon se tient avec une jambe sur le bateau et l'autre sur le ponton, son bassin tangue en rythme avec le mouvement de l'eau, et l'autre attend les bras tendus pour la recevoir. Allez, chérie, dit-il, tu vas y arriver. Elle marmonne des mots qu'il décide de ne pas comprendre comme "la ferme" et saute le pas, réceptionnée par le jeune homme, qui l'escorte jusqu'au bout du ponton, passant quasiment un bras autour d'elle, comme si c'était sa grand-mère. David croise le regard de l'autre matelot, qui envisage de lui proposer son aide, et descend sans le quitter des yeux. Vas-y, mon petit, essaie un peu pour voir.

Mary lève les yeux et sourit quand ils entrent dans le café. C'est un de ces espaces intérieurs qui contient plus de lumière que le ciel à l'extérieur, aux murs blancs presque lumineux, au parquet rutilant, les aspérités des poutres rétroéclairées. Il flotte une odeur de café et de vêtements mouillés, il y a une famille avec un bébé dans une chaise haute et deux jeunes enfants rassemblée autour d'une grande table contre la vitrine. Les petits, tous les deux en bottes rouges et pantalon boueux, pressent leur nez et leurs doigts collants contre la vitre, tentant de regarder dans l'eau à leurs pieds. Laissent des traces en travers. Je vais m'installer là-bas, dit Mary, je ne gênerai personne et j'aurai une belle vue pour dessiner. Tu restes prendre un café ou tu pars tout de suite ? J'y vais, dit-il, si ça ne te dérange pas. Non, dit-elle, comme tu voudras, et il voit bien qu'elle est sincère, voire qu'elle a envie qu'il s'en aille, qu'elle va sourire aux gamins aux mains collantes, leur faire voir ses dessins, et lancer une conversation avec la mère, qui s'accroche à son café comme s'il allait la sauver, les yeux dans le vague, pendant que le père lit le journal d'hier. La serveuse est occupée derrière le bar. Tu veux que je te commande ton café en sortant ? Elle va venir, répond Mary, quand elle sera prête, je ne suis pas pressée, profite bien de ta balade.

Mais il n'en profite pas vraiment. On ne passe pas sa vie en Écosse pour avoir peur de la pluie, mais enfin ce temps est bizarre, c'est trop, cette pluie qui perce le sol, le pétrit, en fait de la boue. C'est de l'érosion, pas de l'irrigation. La tenue imperméable tient le coup, mais il a un peu mal au genou et la douleur ne part pas, et puis le chemin est tellement boueux qu'il décide de partir dans l'autre sens, le long de la route, non qu'il ait peur de glisser mais ça n'a rien de drôle d'essayer d'avancer dans cette gadoue, et ce n'est pas beaucoup plus amusant de marcher sous une pluie battante qui reste sur ses carreaux et dégouline de son nez, surtout qu'entre ses lunettes, sa capuche et les nuages, il ne voit pas grand-chose du paysage. Il faudrait qu'il tienne dehors environ trois quarts d'heure, pour ne pas donner l'impression d'avoir abandonné, alors il marche, les mains fourrées dans les poches, le genou endolori, qui tire, et au bout de vingt-trois minutes il fait demi-tour. C'est un peu plus facile, ou en tout cas un peu moins désagréable, avec le vent dans le dos. Il baisse la tête et continue à avancer. Elle sera surprise de le voir revenir déjà ou, pire, elle ne le sera pas, elle sait peut-être pertinemment qu'il met du temps à rentrer juste pour sauver la face, elle voit peut-être en esprit chacun de ses pas. Il risque un œil au-delà de sa capuche. Il y a le nouvel hôtel, maintenant, dans la Grande Maison. Il pense qu'il possède un bar, croit bien avoir aperçu le menu sur le panneau d'affichage près de la jetée. Non qu'il ait envie de boire avant le déjeuner, mais ils servent sûrement du café, et n'est-ce pas dans l'ordre des choses, de s'arrêter sur le chemin du retour pour prendre une boisson chaude ? Ils auront aussi probablement les journaux, il pourra s'asseoir, lire, et boire son café comme un type dans un bar mais sans femme désapprobatrice dans les pattes. Ça fait longtemps qu'il n'est pas allé dans un bar tout seul. Il y aura peut-être un feu de cheminée, un jour comme aujourd'hui.

les moteurs au-dessus des nuages

Il y a des autoroutes dans le ciel. Le chemin le plus rapide entre deux points sur notre planète sphérique est un arc, et donc les vols transatlantiques suivent la route maritime des Vikings même entre Istanbul ou Dubaï et Québec ou New York : au-dessus de la mer Baltique, du Nord de l'Écosse, des Shetland, des Féroé, de la courbe méridionale de l'Islande, de la pointe du Groenland puis des côtes accidentées du Canada. En avion, certaines personnes baissent le store pour ne pas être gênées par la lumière du soleil et franchissent l'Atlantique en somnolant. D'autres se tordent le cou pour voir les contours d'endroits chers jamais visités ou peut-être une seule fois, des noms qui font surgir de la violence antique l'exil et la nostalgie, des vallons et des îles desquelles les propriétaires du Sud ont chassé leurs ancêtres et brûlé leurs maisons. Personne ne regardait depuis le ciel alors, personne ne voyait de traces de fumée parmi les nuages, et un silence s'est installé dans ces endroits qui ne s'est pas interrompu depuis. Les Cairngorms, Glencoe, Loch Linnhe. Ardnamurchan, Laig, Rùm et A'Chill. South Uist.

Si le vent est favorable, certains continueront à regarder à travers le hublot à côté d'eux comme d'autres regardent l'écran devant eux, pour lire la carte de l'eau en contrebas. Si les nuages s'y prêtent, des gens – des enfants, surtout – lèveront le nez du bord du lac, basculeront la tête en arrière alors qu'un avion traverse leur ciel, imagineront des départs et des arrivées. Ils suivront les passagers de l'Ancien Monde jusqu'au Nouveau, imagineront d'autres enfants se dirigeant vers des routes crépitantes de chaleur et des horizons plats, des prairies et des ciels immenses. Pas aujourd'hui. Aujourd'hui on entend les moteurs au-dessus des nuages, qui ronronnent dans un espace bleu inondé de soleil, mais ici-bas le ciel s'arrête à la cime des arbres.

Zanzibar

Ils essaient d'avoir un orgasme simultané.

Si on apprend à le faire, dit Josh, on aura cent fois moins de risques de divorcer. Je l'ai lu quelque part.

Milly arrête d'essayer un instant. Lu sur Internet, tu veux dire ?

Il hausse les épaules, comme s'il était évident que c'était là que tout le monde lisait tout, et elle soupire. Il lit bien des livres, elle ne l'épouserait pas sans ça, mais pas comme elle ; il aime l'histoire en temps de guerre et les romans d'espionnage, mais il met tellement de temps à les lire qu'il ne peut pas s'enthousiasmer. Non que l'idée soit farfelue, pour le sexe. Elle pense voir pourquoi on serait moins susceptible de quitter quelqu'un avec qui on a des orgasmes simultanés. Jouir en même temps suppose une symétrie parfaite du désir. Un orgasme simultané signifie qu'aucun des participants n'est en train de faire des efforts pour ne pas juger l'expression du visage de l'autre ou de penser, par exemple, à un sandwich au bacon pour passer le temps. Milly n'est pas sûre que ça lui plaise. D'accord ils vont se marier, ne faire qu'un aux yeux de l'État jusqu'à ce que la mort les sépare, mais elle peut toujours jouir toute seule, non ? Elle reste une personne à part entière. Elle ferme les yeux et pense à Don Draper, un vieux fantasme mais qu'elle aime bien. Bon, elle était à un âge impressionnable, elle a toujours le coffret DVD, ça remonte à aussi loin que ça, non qu'elle ait regardé la série récemment, non qu'elle ait encore un lecteur DVD, mais certains personnages, certaines scènes, finissent par faire partie de soi quand on est aussi jeune. Elle aime tout particulièrement cette scène de la saison deux ou trois dans laquelle il semble – disons, s'imposer, en tout cas sa main, à la femme en robe bouffante dans ce couloir d'hôtel, quoique la femme apprécie peut-être, après tout elle a déjà couché avec lui, et bien qu'en l'occurrence elle ne donne pas franchement son consentement elle ne s'oppose pas non plus, et puis bon, on ne peut pas s'attendre à ce qu'un couple des années 1950 en costume ajusté et robe à froufrous papote consentement avant que lui, marié, passe son bras autour d'elle, mariée à un autre, la colle contre le mur et passe son autre main sous sa grosse jupe rouge. Est-ce qu'elle était bien rouge ? Probablement. Et Don Draper, lui, sait y faire avec sa main, n'est-ce pas – Doucement, dit-elle à Josh, sous-entendant que si cette partie de son anatomie a un capuchon ce n'est pas pour rien, arrête de l'écraser comme une manette de jeu vidéo, et tant qu'on y est, un centimètre plus haut ce serait bien. Enfin, mieux. Elle a lu – dans un livre, et même dans un livre qui aborde le maintien des rapports sexuels dans les relations à long terme qu'elle a acheté juste après que Josh avait fait sa demande – qu'une féministe a le droit de fantasmer sur un viol parce que tout le principe du fantasme, c'est que la personne qui se fait son cinéma contrôle tout, est à la fois l'agresseur et la victime, et de toute façon personne ne fantasme de se prendre un œil au beurre noir ou une lèvre fendue, donc il n'est pas tant question de la violence faite aux femmes que d'un partenaire qui sait ce qu'on veut sans qu'on endosse la responsabilité de formuler la demande, et puis la culture du viol limite notre imagination, ce qui signifie que ce n'est pas vraiment la faute de Milly si ses fantasmes sont un peu rétros. Les femmes, disait ce bouquin, devraient apprendre à s'approprier leur plaisir sexuel et à exprimer leurs désirs avec franchise ; Milly se demandait si l'auteur avait réfléchi au potentiel sexy, ou non, de l'appropriation et de la franchise. Et elle veut que Josh fasse des choses auxquelles elle n'a même pas encore pensé, n'est-ce pas là tout l'intérêt d'avoir un rapport avec quelqu'un, de le laisser inventer ce qui va se passer pour une fois, au lieu d'écrire, réaliser et produire l'épisode avec Don Draper et d'essayer de ne pas se demander s'il reste assez de pain pour faire des sandwichs tout en essayant d'avoir un orgasme simultané ? Sans compter qu'elle est prête à parier que quelqu'un, quelque part, fantasme bel et bien de se prendre un œil au beurre noir, s'il y a une chose qu'Internet nous a apprise, c'est que quel que soit le degré d'invraisemblance, de stupidité, voire de dangerosité d'une idée, il y aura toujours un individu et très probablement toute une communauté derrière lui pour prendre leur pied selon cette idée. Et puis aussi elle gagne plus que lui, il fait le ménage et elle sort les poubelles, alors n'a-t-elle pas le droit de rêver de Don Draper et de la robe rouge bouffante ? De quoi tu as envie, murmure Josh dans son oreille, dis-moi ce que tu veux.

Elle ouvre les yeux, contemple les rideaux à carreaux et les murs en lambris de pin, l'odeur de désodorisant qu'elle cesse parfois de remarquer. Une tasse de thé et un petit pain au bacon, pense-t-elle, seraient parfaits, mais elle répond embrasse-moi, et tend les bras pour saisir la tête de lit derrière elle, qui s'avère être légèrement collante. Sûrement l'effet de l'humidité sur le vernis mais c'est – non, ne pense pas ça –, c'est le chalet des parents de Josh. Reviens sur Don Draper. L'épisode où il l'attache. Enfin, il n'y en a pas où il l'attache, mais ça pourrait, sans problème. Une chambre d'hôtel, elle en négligé de soie et lui toujours en costume. Elle soupçonne le costume de constituer une grande part de son charme, et puis avec tout l'alcool, toute la drogue et la bidoche qu'il s'envoie, ça met à l'épreuve notre adhésion à la fiction quand il enlève le haut et se révèle très affûté. Il pourrait l'attacher avec sa cravate. Josh est en train de l'embrasser mais il se frotte contre sa hanche, ce qui la chatouille, et ignore ses seins qu'elle met pourtant en avant. Elle devrait lui faire quelque chose. Elle se redresse et lui caresse la tête, ce qui signifie que ses jambes s'ouvrent et que la bouche de Josh s'égare sur sa cuisse. Ils ont déjà essayé ça et ça n'a pas marché, et elle n'a aucune envie de tester à nouveau, bien qu'elle salue sa persévérance. Elle le pousse par les épaules pour qu'il reprenne une position assise, face à elle, puis elle passe ses bras autour de lui pour le serrer contre elle, ce qui est plus ou moins sincère. Elle aime l'odeur de son cou. Les muscles de ses bras. Son cul, sa queue, elle aime tout chez lui, c'est juste qu'elle a faim et que ça caille quand ils ne sont pas sous la couette et elle se damnerait pour une tasse de thé.

Il lui mord le cou et elle soupire, ce qu'il semble prendre pour un signe de plaisir. Il devrait exister des drapeaux à agiter, comme les signaux navals que son frère devait encore apprendre, bien qu'ils doivent avoir un million de façons ultra-techniques de communiquer entre navires. À moins que, ces temps-ci, avec la vente de toutes ces armes pour le bombardement aérien de lointains hôpitaux pédiatriques, la nation soit effectivement protégée par des gens qui agitent des drapeaux et envoient dans le ciel des pigeons voyageurs. Quand il était élève officier, Toby demandait à Milly de le faire réviser. Vous courez vers un danger ; Démineur en action ; Homme à la mer. Arrête tu me fais mal ; Ça ne marche pas sur moi ; Active-toi et finissons-en. Pas ce soir, Josephine ; J'ai un livre que je préfère lire ; J'ai trop mangé à table. Bien que le bouquin préconise le contraire, Milly pense qu'il y a des choses qu'il vaut mieux taire dans une relation à long terme. Il descend vers sa poitrine, ce qui est un mieux. Elle s'allonge et émet un son qui se veut encourageant, et tandis qu'il donne un coup de langue sur son mamelon elle ferme les yeux sur le lambris de pin et pense à son dernier petit ami, qui lui ne faisait pas le ménage et a couché avec au moins deux autres personnes pendant qu'ils étaient ensemble mais savait y faire au lit, ce qui était plutôt nécessaire vu comment il se comportait partout ailleurs. Il était assez grand pour lui maintenir les deux poignets derrière la tête et en même temps lui embrasser les seins, un peu comme Josh est en train de faire, mais avec plus de langue et moins de bouche, puis il faisait courir un doigt très lentement au milieu de son corps, entre ses seins, sur son ventre, ralentissait, effectuait parfois un demi-tour tandis qu'elle se raidissait, se languissait, coupait sa respiration. Hmm, c'est pas mal, ce qu'il est en train de faire. Elle devrait faire quelque chose aussi, cela dit, il n'aime pas qu'elle reste passive trop longtemps, il a besoin de se sentir désiré comme tout le monde, et elle pourra peut-être en profiter pour récupérer la couette. Non que ce soit génial, ce rembourrage en polyester, ça fait transpirer, et puis ça sent le désodorisant, mais c'est sûrement un spray spécial tissus, la mère de Josh est complètement gaga de tous ces trucs qui puent et rajoutent du plastique dans l'océan et davantage de substances indésirables dans la nappe phréatique. Mais arrête de penser à la mère de Josh.

Elle se redresse, voit les yeux de Josh s'écarquiller quand elle le fait rouler sur le dos. Elle se glisse au pied du lit, remonte la couette et s'allonge à côté de lui, le genou sur sa cuisse, la tête sur son torse avec son cœur qui bat contre son oreille, sa main autour de son autre épaule. Il fait bon et il sent bon. Je t'aime, dit-elle, ce qui est vrai, tout en étant une offre de négociation : si je t'aime suffisamment, on n'a peut-être pas besoin d'avoir un orgasme simultané, ou du moins pas ce matin. Tu es splendide, dit-il, je t'aime aussi, et il lui caresse la nuque où ses petits cheveux commencent à peine à repousser après sa nouvelle coupe rase de la semaine dernière, puis descend le long de sa colonne de sorte qu'elle entend presque des roues sur des pavés. Il est quelle heure, fait-elle. On s'en fiche, répond-il, on est en vacances, on ne fait que ce qu'on a envie de faire. J'ai un peu faim, a-t-elle envie d'ajouter, mais il dit, J'ai envie de me rappeler ce moment quand je serai de retour au bureau, je veux te faire jouir encore, on a toute la journée. Elle tourne la tête pour lui embrasser le torse. Ce n'est pas juste qu'elle pense à Will le Branleur, elle n'aimerait pas qu'il pense à Shelley, alors elle essaie Don Draper de nouveau.

Ah, Josh s'est ramolli, ce qui n'a rien de surprenant, vu la passivité dont elle fait preuve. Et elle n'aime pas trop le toucher dans cet état, on se rend compte qu'il n'y a pas d'os, rien qu'une chose sans défense – enfin quand même pas une limace, mais une sorte de bébé souris ou lapin, imberbe, qui ne devrait pas sortir comme ça tout seul, si elle n'arrive pas à remédier à la situation elle va aller leur préparer un petit-déjeuner, bien qu'en y mettant du cœur – sous la couette – elle s'aperçoive que si elle remédie en effet à la situation il faudra que le reste suive, et ils seront de nouveau sur le Projet Orgasme Simultané. Tu ne trouverais pas ça génial, dit-il, de savoir qu'on arrive à faire ce à quoi la plupart des couples échouent, pour le reste de notre vie on pourra regarder à peu près n'importe qui et se la péter. La ferme, dit-elle, en train de remédier à la situation là-dessous dans les odeurs de sexe et de désodorisant pour tissus que certains doivent trouver super érotique, on n'est pas aux Jeux olympiques. J'ai envie de te regarder, dit-il, je veux te voir, et il rejette la couette par terre. Elle rentre son ventre mais il n'y a pas grand-chose à faire vu sous cet angle, gravité oblige. Qu'est-ce que ça caille pour un mois d'août. Un jour, pense-t-elle en se penchant sur la situation plus vivement, on sera peut-être en mesure de se payer des vacances sur une île grecque. Non, tropicale, plutôt, Maurice ou n'importe. Les Seychelles.

Ou Zanzibar, elle a toujours aimé la sonorité de ce mot. Zanzibar. Oh, dit Josh, arrête bébé, pas tout de suite, viens, reviens avec moi.

Elle s'allonge sur le dos, écarte les genoux et se tord le cou pour le voir tandis qu'il s'agenouille entre ses cuisses. Il soutient son regard – oh, fait-elle, ah, et elle prend un oreiller – celui de Josh, pas folle la guêpe – pour le coincer sous son bassin et lever les jambes. C'est agréable de le regarder, de voir ses yeux fermés, son air concentré. Contraction du plancher pelvien, pense-t-elle, et il ouvre les yeux et les referme en souriant. OK, se dit-elle, voyons voir, Zanzibar, on est dans une hutte avec un ventilateur de plafond en bois, un lit bas avec des draps en lin blanc tout frais sur un plancher en teck et une double porte s'ouvre sur une plage de sable blanc bordée de palmiers, l'eau étincelle et il m'a attaché les poignets au lit. Bon sang mais c'est très colonial tout ça, elle ne devrait pas objectifier ainsi les anciennes possessions britanniques. La domination de genre c'est une chose, du moins pour les femmes, dans l'intimité de son propre esprit, mais tout le bazar orientaliste en est une autre. Non que Zanzibar soit en Orient, évidemment, enfin bon elle se comprend. L'objectification, mais comment fantasmer sans ça – quoique, il n'est pas nécessaire que les implications soient géopolitiques, si ? Transpose-moi tout ça en Méditerranée, alors. La Grèce. Elle y est allée une fois, il y a de ça des années, même schéma chromatique que son Zanzibar imaginaire. Oliviers, ruines en marbre délavées par le soleil, une maison blanchie à la chaux avec un balcon dont les portes bleues s'ouvrent sur le ciel et la mer, des géraniums écarlates dans des pots en terre. S'il est admis d'avoir un fantasme sexuel sur un pays dont l'économie s'est effondrée. Sans parler des réfugiés sur les plages, qui atterriront dans ces camps horribles. Comme ceux de la frontière américaine, elle a donné de l'argent pour eux, mais ce n'est pas du fric qu'il faut, ce sont des bulletins de vote, tout un tas, et là, elle peut faire que dalle. Comment quiconque peut bien – On essaie une position différente, dit Josh, viens au bord du lit, il est plus haut qu'à la maison.

Elle obéit et se tortille jusqu'au bord. C'est absurde de penser à ces gamins, là maintenant, ça ne sert à rien, les pensées, mais elle ne peut s'empêcher d'imaginer qu'il s'agit de sa classe, les tout-petits maternelles de l'année dernière, qui pouvaient à peine tenir une journée d'école sans leur mère. Comment quiconque peut bien – il y a des gens que ça ne gêne pas, il faut croire, si on les laisse faire, regarde, l'Holocauste. Non, ne pense pas à l'Holocauste maintenant, ce n'est pas du tout le moment. Ou toute autre atrocité, les génocides européens ne sont pas plus importants que ceux d'ailleurs. Le Passage du milieu. La Révolution culturelle. Les Khmers rouges. Oh. C'est bon ? demande-t-il, et elle fait hmm, ce qui est sûrement sincère, ou le serait, si elle ne pensait pas à – Don Draper. Non, à Josh. Pourquoi on n'essaierait pas de penser à Josh pour une fois, vu qu'il est là et tout. Et si on donne dans les îles, pourquoi ne pas tenter Barra, où ils envisagent d'habiter après leur mariage ? Alors, mettons une maison contemporaine de style scandinave ou de la vieille pierre, sols carrelés et murs chaulés ? Il y a beaucoup de fermettes abandonnées, avec le toit effondré et des herbes folles qui poussent à travers des cadres de lit rouillés. Elles ne demandent qu'à être sauvées mais Josh dit qu'elles appartiennent toutes à quelqu'un et les gens n'ont pas forcément envie de vendre et puis il faut faire les travaux de la ferme, et ce n'est pas son rayon. Un poêle à bois, sauf qu'il n'y a pas beaucoup d'arbres sur Barra et puis ces poêles sont atroces pour l'environnement, quoique, avec le vent qui souffle là-bas, les particules sont déjà au Groenland avant d'avoir eu le temps de s'approcher de vos poumons. Non que le Groenland ait besoin de davantage de pollution, les ours polaires – enfin bref, ici et maintenant. Soyons un peu présente, hmm, on ne peut pas s'attendre à ce qu'un homme nous fasse jouir si on ne pense qu'aux nanoparticules et aux génocides. Josh aime cette position pour le panorama, ce qui lui donne envie de minauder un peu, quoiqu'avec ses jambes en l'air comme ça elle n'a pas trop de prise.

Non, elle s'est promis quand ils se sont fiancés qu'elle ne simulerait plus. En voilà un socle pour bâtir sa vie de couple, mentir sur l'unique chose qu'elle ne fera jamais avec un autre ? (Jamais plus, de toute sa vie, même si elle va jusqu'à cent ans ? Ça peut arriver, non, un accident, un imprévu, qui peut dire la différence ?) Et puis elle éprouve du plaisir, ce ne serait pas entièrement simulé, juste un peu exagéré. On ne peut quand même pas s'imaginer aller au bout de ce qui pourrait être soixante ans – soixante ! – sans un peu d'exagération par-ci par-là, un peu d'affabulation. Hmm, fait-elle, ah, mais elle commence à avoir froid et elle se sent un peu bête allongée comme ça. Non, tiens-moi, dit-elle, on essaie comme ça, et ils bougent encore. Elle touche son visage, l'arc de son sourcil, le plat de sa joue. Il embrasse le bout de ses doigts au passage.

Bon, allez. Donc. Il y a un homme, grand, mince, en costume noir bien taillé. En lin, puisqu'on est en été en – en Italie. Un peu fasciste, l'Italie. Oh, la ferme. Chemise blanche avec boutons de manchette sur poignets bronzés, elle regarde ses mains sur le volant de la voiture de luxe qu'il conduit sur la route en lacet en direction de sa maison, il roule vite et il a verrouillé les portières, ce qui fait qu'elle ne pourrait pas s'échapper même si elle le voulait, et il lui dit précisément ce qu'il va lui faire quand ils seront arrivés, elle va entrer dans la villa et monter le grand escalier jusqu'à sa chambre dont le balcon donne sur les coteaux et leurs cultures en terrasse et les toits orangés du village, puis elle se déshabillera mais gardera ses sous-vêtements et – ça y est presque, allez, essaie de ne pas essayer – il s'attend à la découvrir sur les draps de soie, de soie blanche – han, s'entend-elle dire, oui. Encore. Oui. Han, han, là. Et Josh, ah, dit-il, han oui, oui.

Ha, alors on a réussi, hein ? demande-t-il. Mmhm, dit-elle, profitant encore de l'onde de choc. Elle se recompose un peu. Ça ne compte pas vraiment qu'elle ait pensé à un autre homme si elle n'a pas imaginé de visage et n'est pas allée jusqu'à la décoration de la chambre et ne l'a pas déshabillé. Ce n'était qu'un costume, une voiture et peut-être un peu d'architecture, et encore, la voiture se résumait à un volant et à un levier de vitesse, elle ne pourrait dire le modèle ou quoi que ce soit d'autre. Je savais qu'on y arriverait, dit Josh, il faudra qu'on continue à s'entraîner. Hmm, répond-elle, on a tout le temps. Elle l'embrasse sur l'épaule et s'attarde là un instant, sent des frémissements, des contractions. Ça te dit un petit pain au bacon ? demande-t-elle. Dans une minute, dit-il, mais elle prend déjà des mouchoirs dans la boîte et se lève. Il la regarde, les mains derrière la tête. Tu es splendide, dit-il tandis qu'elle rentre le ventre.

La pluie martèle les vitres à motif de la salle de bains et ça caille là-dedans. Elle fait pipi, se lave les mains et le visage, remet son pyjama. Elle prendra une douche quand elle aura mangé. Ses pieds se refroidissent. Il ne fait pas beaucoup plus chaud dans la pièce de vie, elle voit la pluie goutter du toit sur la terrasse en bois, cribler les flaques dans le gravier, rebondir sur les feuilles du grand chêne. Au-delà des arbres, les eaux du lac sont plates et mornes. Il va falloir qu'ils fassent quelque chose bientôt, qu'ils sortent quelque part, aillent voir quelque chose. Même s'ils prennent juste la voiture pour aller au supermarché, elle a envie de s'éloigner de ces chalets collés les uns aux autres, des yeux planqués derrière toutes les fenêtres, et de cette vue du loch encadrée par des feuilles mouillées, où elle s'est surprise à guetter le vapeur qui transporte les touristes trois fois par jour. Elle remplit la bouilloire et l'allume, la bouilloire en plastique blanc de la mère de Josh. Elle va en mettre une belle en chrome sur sa liste de cadeaux de mariage, et un grille-pain où on peut mettre des bagels sans qu'ils se ratatinent. S'ils emménagent sur l'île, il faut s'assurer d'avoir des choses qui durent, on ne peut pas sortir en coup de vent pour remplacer une bouilloire qui ne marche pas, comme chez eux. Et puis c'est mieux pour l'environnement, les gens apprennent à réparer les choses et à se débrouiller mais honnêtement, ça risque de lui prendre un peu de temps, alors autant se lancer avec des objets qui dureront. Un très bon aspirateur, se dit-elle, et puis on économisera pour une machine à laver décente de marque allemande, qu'on ne peut quand même pas faire figurer sur la liste de mariage. Il reste quatre petits pains blancs, périmés depuis deux jours mais peu importe avec le bacon et la sauce, et ça fait une raison de plus de faire un saut à la Co-op. Bon sang mais on se gèle ici, regarde-moi la vapeur que fait la bouilloire, il va falloir convaincre Josh d'allumer le chauffage. Évitez si vous le pouvez, a dit sa mère, seulement le soir, nous c'est ce qu'on tâche de faire, la maison est mal isolée, ça coûte une fortune si on ne fait pas attention. Mais il ne doit pas faire plus de quinze degrés là-dedans. Elle tire sa grande écharpe de laine de la manche de son manteau pendu à côté de la porte, encore humide d'hier, l'enroule autour de son cou et coince les extrémités pour éviter qu'elles trempent dans le bacon, pose la poêle au revêtement antiadhésif éraflé sur la plaque chauffante et allume le gril avec le vague projet de toaster les petits pains mais surtout pour la chaleur.

Dehors, rien ne se passe. La pluie, le loch, les arbres, encore de la pluie. Une pluie ostentatoire. Des cordes. On se dit que ça ne peut pas durer comme ça indéfiniment, qu'on va arriver à court d'eau à un moment. Elle tend sa main au-dessus de la poêle mais c'est à peine tiède, ces vieilles plaques électriques ça prend une éternité. Des voix dehors, des portières ; elle se penche par-dessus l'évier pour voir la famille du chalet d'à côté sortir, ou du moins essayer ; le père, assis dans la voiture, regarde la pluie, pendant que la mère essaie d'enfiler un ciré à un des petits garçons et que l'autre gamin se planque derrière la porte. Justine, elle s'appelle. Accent du Nord, quelque part près de Manchester, elle a dit que c'était leur première fois ici et franchement, probablement la dernière, ça ne vaut vraiment pas le prix qu'ils ont payé, et Milly n'a pas précisé que les parents de Josh leur prêtaient le chalet gratuitement. L'enfant au ciré s'amuse maintenant à sauter les marches et Justine est retournée à l'intérieur, sûrement pour aller chercher le deuxième, et son mari n'a pas bougé. Ils doivent aller à un endroit qui ne plaît pas trop aux petits, bien qu'il y ait un de ces parcs de loisirs en intérieur vers Stirling, elle a vu des brochures, ça doit grouiller de gamins excités et de parents regrettant de ne pas avoir gardé leur argent et de ne pas être restés chez eux, mais bon, c'est toujours mieux pour les enfants que de rester coincés dans un chalet. Revoilà Justine qui tire le grand par la main, et le petit en train de jouer sur les marches saute sur l'occasion pour se faufiler de nouveau à l'intérieur.

Milly secoue la tête, prend deux sachets de thé dans la boîte à carreaux écossais et les plonge dans la théière, verse l'eau, observe la vapeur qui s'élève en panache. La poêle commence à chauffer, encore une minute ou deux. Le vieux couple d'à côté a dû trouver quelque chose à faire aussi, leur voiture n'est pas là. À moins que quelqu'un leur ait piqué leur rutilante bagnole de vieux dans la nuit. Elle a un peu discuté avec lui le jour de leur arrivée, quand il a sorti les poubelles et qu'elle déchargeait le coffre avec Josh, bien sûr il connaissait les parents de Josh et les gens à qui ces derniers avaient acheté le chalet quand Josh était petit. Médecin, plan de retraite aligné sur le dernier salaire, la totale, probable propriétaire d'une magnifique résidence victorienne à Bearsden achetée pour une bouchée de pain dans les années 1970, ils ont sûrement aussi un gîte en Provence ou en Toscane ou n'importe, quoique, franchement, dans ce cas, elle suppose qu'ils ne seraient pas là. Il s'avère que Barra ne sera pas totalement exempte de tout ça, il y a plein de résidences secondaires et des Anglais d'un certain âge issus de la haute bourgeoisie, avec leur puritanisme bizarre, tissant eux-mêmes leurs caftans, ramassant des algues qu'ils entassent dans le coffre de leurs énormes 4×4, mais d'après Josh on ne les voit plus beaucoup après septembre. Résistons à un ou deux hivers, et on commencera à s'intégrer. Auquel cas ces vacances sont un bon entraînement, même si sur l'île il y aura des choses à faire, du travail, et des événements organisés par les habitants. S'intégrer, c'est ce qu'ils recherchent, un collectif, un mode de vie qui reconnaisse la dépendance par rapport aux autres et à la terre. Elle espère simplement que ça aura vraiment valu le coup de laisser tous ses amis. Ils viendront leur rendre visite, n'est-ce pas ? Justine est en train de tirer – *traîner* ne serait pas tout à fait juste mais on voit qu'elle commence à perdre patience – le second enfant hors du chalet et le père a démarré et tourné les roues presque avant que les portières soient fermées. Impatient de se tailler d'ici, on dirait. Voilà, le drame du matin s'achève. À tous les coups Josh s'est rendormi, ce qui veut dire que si elle le voulait elle pourrait manger trois petits pains à elle toute seule, et si elle lui apporte le dernier sur un plateau avec un bol de céréales et une grande tasse de thé – après tout, il aime les céréales, pas besoin de lui dire combien il restait de petits pains au départ. Une simulation tout ce qu'il y a de plus bénin.

toujours des loups

Elle sort du bois en surplomb de la berge, agitée, les oreilles aux aguets, son faon quelques pas derrière elle. Les arbres frémissent dans le vent, secouent la pluie de leurs branches. Dans son esprit il y a toujours des loups, jour et nuit, une meute qui progresse à la lisière de son odorat, de son ouïe. Ils rôdent plus près quand elle dort, quand elle et son faon baissent la tête pour boire, quand les troncs s'agglutinent et forment des cachettes. La meute de son esprit est une flotte sur terre, vive comme un brochet dans l'eau, affamée. Les loups sont capables de sentir son faon depuis leur tanière de la colline, depuis le cœur de la forêt, et ils arrivent, comme toujours.

Elle grignote des feuilles, pour montrer à son petit quoi faire. Ils se retournent tous les deux et regardent vers le bois.

une pierre tomber

Ça se lève, dit maman, il ne pleut presque plus, tu ferais mieux d'en profiter et d'enfiler tes bottes, tu as besoin de vitamine D. J'ai lu quelque part que la majorité des gamins de ce pays souffrent d'une carence, et ça expose à toutes sortes de risques, il faut au moins une demi-heure de soleil par jour. Mais je suis occupée, dit Lola, il n'y a pas de soleil et la pluie m'a l'air toujours pareille. Elle est en train de colorier. Tu n'étais pas occupée il y a cinq minutes, dit maman, et tu auras tout le temps de faire ça plus tard. Tu ne veux pas finir rachitique, si ? Ou avec la sclérose en plaques comme Judith au bout de la rue ? Allez, Jack, toi aussi, tu ne voulais pas partir de la plage hier, eh bien tu peux y retourner maintenant. Il ne pleuvait pas autant hier, répond Jack. Il ne pleut pas, dit maman, ou à peine. Allez, mettez vos bottes et vos cirés, vous n'allez pas rester allongés dans cette pièce toute la journée, vous allez devenir fous, on va tous craquer. Lola lève la tête mais Jack ne bouge pas non plus, il reste sur le canapé les yeux fermés et essaie de faire entrer en contact le bout de ses index en écartant les bras. Maman s'est remise à faire les cent pas, des portes-fenêtres au seuil de la cuisine et en sens inverse, enroulant une mèche de cheveux autour de son doigt puis la laissant retomber, ce qui signifie qu'à un moment de l'après-midi elle va pleurer puis s'excuser d'avoir pleuré et pleurer encore. Lola ne s'énervera pas. Elle a la tête sur les épaules, Lola, dit papa, il en faut pour la faire sortir de ses gonds. Elle s'autorise le violet, sa deuxième couleur préférée, pour le pantalon de la fille. Allez, dit maman, je ne plaisante pas, mettez vos bottes, il faut sortir à la lumière du jour sinon vous serez malades, et on ne guérit pas de la sclérose en plaques, vous savez. Jack échoue et tend les bras de nouveau. Lola trace le contour du pantalon. Pourquoi papa n'est pas obligé de sortir, lui, demande Jack. Papa travaille, répond maman, tu te rappelles ? Il est sorti, si on veut.

Papa a emporté son ordinateur portable au pub pour le wifi. Autant rattraper le retard, le boulot ne s'arrête pas parce que le patron est en vacances, on sera encore une semaine à la traîne si je ne garde pas un œil sur les affaires, que je n'enregistre pas les devis et tout. Maman a démissionné de son travail l'année dernière, alors papa dit qu'elle ne peut rien trouver à redire à ça. Ce n'est pas facile de diriger sa propre affaire, il n'y a personne à qui faire porter le chapeau si votre trésorerie part en cacahuète.

Vous m'écoutez, dit maman, bottes et cirés, tous les deux, et Lola soupire comme Mrs Singh à l'école et recapuchonne le feutre violet. Promettez-moi seulement de ne pas aller sur la grande balançoire, dit maman, je ne l'aime pas, et n'allez pas non plus trop près de l'eau, d'accord ? Je croyais que tu voulais qu'on aille à la plage, dit Lola, tu sais que la plage est au bord de l'eau, hein, mais Jack secoue la tête. Lola, dit-il, s'il te plaît, non. N'allez pas dans l'eau, c'est tout, dit maman, et ne vous approchez pas de cette balançoire, et faites attention aux cailloux, ça va glisser. Oui maman, dit Jack. Maman ne sort pas assez souvent pour savoir qu'ils ne seront pas glissants, ce n'est pas ce genre de roche, mais par contre les marches en bois le seront. Et Lola, dit maman, tu reviens tout de suite ici si tu sens ta poitrine oppressée, d'accord ? On sait que tout de suite après elle va dire non, n'y va pas, en fait je ne veux pas que tu sortes avec ce temps, tu sais bien qu'avec la pluie ta respiration siffle, je ne veux pas que tu fasses une crise d'asthme alors que tout ce chemin nous sépare, mais maintenant qu'elle y a réfléchi Lola a bel et bien envie d'être dehors, alors elle enfile ses bottes et sautille au bas des marches en faisant semblant de ne pas entendre sa mère changer d'avis.

Il pleut. Fort. On entend un tambourinement. Lola sent sa poitrine se serrer quand elle hume le froid, l'odeur des arbres, de la terre, de la pluie. Elle vérifie dans sa poche qu'elle a bien son inhalateur. Au début elle croit en avoir deux puis se rappelle que l'un des deux est un briquet qu'elle a trouvé dans le sac à main de sa mère, dans la doublure où sont cachées les cigarettes dont ils sont censés ignorer l'existence. Lola aime bien les briquets, il suffit d'appuyer avec son pouce et une flamme apparaît là dans notre main, on a un peu peur que ça nous brûle mais en fait non. Ça siffle un peu quand elle expire mais souvent quand elle court, sa respiration devient plus facile alors elle pique un sprint le long du sentier jusqu'à la berge, enjambe les rochers dans l'herbe et saute le fossé au bord du champ pour attraper la petite balançoire en corde. Elle a toujours été là, depuis qu'ils viennent ici, à l'époque où Jack était encore bébé, et tous les ans papa vient la tester avant qu'ils aient le droit de venir ici tout seuls. Au point le plus haut, elle saute comme si c'était une bien plus grosse balançoire et un dénivelé bien plus important qu'en réalité et atterrit n'importe comment sur les galets. Jack la regarde depuis l'herbe. Lola se relève comme si elle n'avait pas mal. Je peux faire pareil, dit Jack. Alors vas-y, dit-elle, mais il se sert de la corde comme d'une rampe tandis que ses pieds glissent jusqu'à la berge.

Lola se tient debout dans l'eau, dans ses bottes en caoutchouc. Elle aime la sensation : ses pieds perçoivent tout le loch autour d'eux mais ne sont pas mouillés. Elle regarde les vagues qui clapotent contre ses chevilles et lève les yeux lentement, traçant une ligne au-dessus des ondes – du chocolat qui nappe un biscuit – pile entre les îles de l'autre côté, où se trouvent la route et des gens qui vont quelque part, jusqu'au pied des collines avant qu'elles disparaissent dans les nuages. Lola et Jack ne sont allés nulle part depuis des jours, depuis le début de la semaine. On fera des sorties plus tard, dit maman, inutile de redescendre cette route, on a encore plein de nourriture. Maman n'aime pas les routes à une seule voie, ne voit pas comment papa peut être sûr que personne n'arrive dans l'autre sens au détour des virages. Lola se tient en équilibre sur un pied et donne des coups de botte dans l'eau avec l'autre, observe la forme des gouttelettes en suspension. Jack a trouvé un bâton, il vise les arbres comme si c'était un pistolet puis chancelle sous l'effet du recul.

Pieds mouillés. Enfin, pas tant que ça. Elle regarde les gouttes perler sur ses chaussettes épaisses avant qu'elles soient absorbées par le tissu, soudain d'un bleu plus foncé, puis elle se penche pour tremper ses mains. Elle aime bien ce que ça fait aux doigts, on dirait qu'ils sont tout tordus sous la surface de l'eau. En été – enfin, c'est l'été, mais elle veut dire les jours où il fait beau –, il arrive qu'il y ait de petits poissons marron et si on reste immobile assez longtemps, ils viennent vous effleurer les pieds et les doigts, avec leur bouche tellement petite qu'on n'est même pas sûrs qu'ils nous touchent vraiment. Il faut fermer les yeux pour décider si on peut les sentir même sans les voir, et même comme ça c'est difficile à dire. Lola aime bien faire des expériences avec ses cinq sens, avec ce que les gens pensent être là et ce qu'on peut les persuader de sentir ou voir. C'est facile d'imaginer le toucher, les gens sentent toujours un petit contact avec une chose qui n'est pas là, et il suffit de parler d'insectes, de puces ou de moucherons pour qu'ils sentent une piqûre. La vue est très fiable, mais dans le noir, on peut faire voir à des gens des mouvements de choses qui n'existent pas. Ou dans les bois, surtout près de cet endroit où papa dit que des gens sont enterrés. Qu'est-ce que c'était, dit-elle, là-bas, quelque chose a bougé, tu n'as rien vu ? Elle peut persuader Jack d'entendre des choses invisibles si elle en parle une fois que papa est venu leur dire bonne nuit et a refermé la porte. Il y a quelque chose qui gratte, dit-elle, comme des griffes, et au début il dit qu'il n'entend rien mais au bout d'un moment elle convoque des loups-garous et des zombies à la fenêtre, ou même sous le lit. Son lit à lui. Elle se relève. Le devant de son ciré a trempé dans l'eau, elle sent l'humidité à travers son legging. L'odeur, rien de plus facile. Les pets, ou même le gaz ; elle a poussé sa mère à appeler la compagnie de gaz un jour, affirmant qu'il y avait une odeur jusqu'à ce que tout le monde la sente et que maman fasse le tour de la maison pour tout débrancher parce qu'elle pensait que le grille-pain ou un autre appareil allait s'allumer tout seul et provoquer un incendie. C'était drôlement marrant.

Jack est toujours occupé par sa guerre forestière, il ne regarde même pas le loch. Elle revient sur la berge en s'éclaboussant. Papa sait faire des ricochets sur l'eau, jusqu'à vingt rebonds parfois, et il lui a appris mais elle n'est pas très bonne. Elle ramasse un galet et le lance aussi loin qu'elle peut mais après une arabesque prometteuse il atterrit à l'endroit où elle se trouvait tout à l'heure. Elle aimerait bien regarder une pierre tomber dans l'eau. Est-ce que ça tremble et ondule, comme du papier dans le vent ? Un jour elle ira faire de la plongée, verra les algues qui oscillent et les poissons qui dorment, de la perspective des otaries. Elle a vu des gens plonger d'un bateau et remonter, engoncés dans un casque et une combinaison, comme des astronautes. La pluie, on s'en fiche quand on plonge. Elle lance un autre galet, plus pointu, qui va un peu plus loin. Elle ne va pas rentrer tout de suite, maman va sûrement s'inquiéter mais elle n'avait qu'à pas les envoyer dehors dans ce cas, et si elle veut qu'ils reviennent elle n'aura qu'à sortir et les trouver comme une personne normale. Bien que, maintenant, l'eau du ciré de Lola soit en train de tremper ses jambes. Elle frissonne, court avec ses bottes qui chancellent sur les cailloux, jusqu'à la grosse balançoire, celle que maman n'aime pas. Jack aussi en a peur. Il faut se pencher au-dessus de l'eau pour la tirer vers l'arrière puis sauter d'un rocher. On s'élance au-dessus du loch et si on ne la garde pas en mouvement on se retrouve suspendu au-dessus de l'eau sans moyen de reprendre de l'élan, mais Lola peut sauter et elle n'a pas peur d'atterrir sur le rocher, ni de l'eau : si elle tombe, il suffira qu'elle rentre et change de vêtements, ce qui est déjà arrivé et arrivera encore, et maman s'énerve à cause de ce qui, selon elle, aurait pu être grave, et papa trouve ça drôle. Elle a du cran, Lola, dit papa, personne ne l'embêtera elle, hein, Jack ?

Lola escalade le rocher, attrape la balançoire à l'aide d'un bâton, saisit la corde alors qu'elle lui échappe presque, et s'envole, son derrière atterrissant parfaitement sur la branche dont l'écorce a été lissée par des années d'autres derrières. Elle croise les chevilles et se penche en arrière, laisse ses cheveux frôler les vagues. Elle vole au-dessus de l'eau sombre sous la pluie, étendue sur l'air, ses pieds, son ventre et sa tête traversant différents espaces au même moment. Elle pourrait continuer, poursuivre sa trajectoire loin au-dessus du loch, puis tomber, et, en entrant dans l'eau, ses oreilles et ses cheveux se plaqueraient vers l'arrière, les coudes se replieraient, ses jambes fusionneraient, elle glisserait et roulerait, deviendrait une otarie, et elle plongerait dans le loch, remonterait à la surface pour regarder les voitures et les camions qui filent vers le nord, piquerait de nouveau une tête et dériverait jusqu'à l'île. Au zoo, les otaries ont un bassin aux parois transparentes et elle les a regardées nager, comme si elles volaient sous l'eau, planaient sur des courants comme les mouettes se servent du vent. Des fois elle n'a pas trop envie d'être une fille, coincée à terre. De retour sur la terre ferme : Lola met tout son poids dans ses mains, écarte les jambes pour délaisser la branche et se laisse tomber pile au bon moment, pour atterrir sur ses pieds telle une gymnaste venant d'accomplir un salto arrière.

Il y a une fille sur la berge, qui l'observe.

Elle a environ l'âge de Lola. Ses vêtements ne sont pas adaptés. Il n'y a pas de mauvais temps, dit papa, il n'y a que de mauvais équipements, bien que Tante Sue ait répliqué un jour que l'équipement préféré de papa semblait être un pub et une pinte. La fille porte des chaussures vernies à boucle avec des fleurs roses dessus, des collants blancs et une jupe en jean – le jean c'est horrible sous la pluie, ça retient l'eau pire que tout, on peut repérer qui n'a rien à faire en randonnée dans les collines à ceux qui sont en jean, et son manteau devient de plus en plus sombre avec la pluie. Je peux essayer, dit la fille, et Lola hausse les épaules. On est dans un pays libre, dirait papa. On fait chacun son tour, je n'ai pas terminé. Et mon frère voudra peut-être en faire. Je l'ai vu, dit la fille, dans le bois. Elle descend sur le rocher et se rend compte qu'elle ne peut pas atteindre la balançoire. Il a fait semblant de me tirer dessus. Lola hausse les épaules de nouveau.

La fille regarde autour d'elle et ramasse le bâton, tire la balançoire vers elle. Elle saute dessus pas trop mal, mieux que Jack, mais elle s'agrippe à la corde et se tient toute raide quand elle prend son élan. Sorcière sur son balai, se dit Lola. La fille a les cheveux noirs et les yeux sombres. Elle plie ses jambes sous elle, se fait aussi petite que possible. Elle n'aime pas voler. Si on arrivait à mettre maman sur une balançoire, elle se cramponnerait sûrement pareil. La fille recule vers la plage puis s'élance vers le loch, ramassée sur elle-même. Recule encore, et Lola sent poindre un sourire parce qu'elle sait exactement ce qui va se passer. Cette fois, la balançoire traverse le bord de l'eau, mais à peine. En avant, en arrière, toujours un mouvement de pendule, mais à présent seulement au-dessus du loch. Lola monte sur un rocher plat pour avoir une meilleure vue et croise les bras.

On voit que la fille comprend ce qu'il se passe. Ses épaules se crispent. Elle devient encore plus petite. Elle n'aurait pas eu besoin d'être d'une intelligence supérieure, aux yeux de Lola, pour se rendre compte qu'une balançoire qui était suspendue au-dessus de l'eau avant qu'on monte dessus sera suspendue au-dessus de l'eau quand elle s'arrêtera. Je ne peux pas descendre, lance-t-elle. Lola acquiesce, mais la fille, qui tortille la corde, ne la voit pas. Je ne peux pas descendre, crie-t-elle encore.

Lola jette un œil autour d'elle. Jack est devant les arbres, tourné vers elles, tenant son arme en travers de son corps, comme ils ont déjà vu des policiers tenir leur mitraillette dans les grandes villes et dans des gares.

Tu peux m'aider ? crie la fille.

Lola peut, bien sûr. Rien de plus facile.

Elle se dit qu'elle ne le fera probablement pas, cette fois.

Comment tu t'appelles ? demande Lola. La fille se tortille, essayant de lui faire face, mais elle n'a pas de prise en l'air. Violetta, répond-elle. Je m'appelle Violetta.

Violetta, dit Lola. Violetta comment ? La fille articule des syllabes. Shit-chenko, dit Lola, Violetta Shit-chenko ? Shevchenko, dit la fille, Shevchenko.

Elle se tourne de l'autre côté, la silhouette affaissée, les pieds ballant au-dessus de l'eau. Sa capuche a glissé et ses cheveux noirs commencent à coller à son visage, à dégouliner aux pointes. Le devant de sa jupe en jean, remontée sur ses cuisses, est noir de pluie.

Tu veux bien tirer la balançoire en arrière ? dit-elle. Peut-être, répond Lola, tout à l'heure. Tu viens d'où ? Glasgow, fait la fille, non ?

Lola regarde Jack, penche la tête, et pour une fois il pige le message et vise la fille. Ça ne te regarde pas, d'où je viens, dit Lola, c'est moi qui pose les questions ici. Alors, d'où tu viens vraiment, Violetta Shitchenko ? D'un endroit où les gens crient toute la nuit comme des babouins et empêchent les autres de dormir avec leur prétendue musique ? Un endroit où les gens ne connaissent pas les bonnes manières ? Je parie que c'est la première fois que tu pars en vacances, non ? On vous a entendus, tu sais. Mon père vous a entendus. Il en a parlé. Il a même pensé – Lola soupire –, il a même pensé appeler la police. Parce que quand même, c'est pas juste que toute une bande d'horribles babouins empêchent les bébés et les personnes âgées de dormir toute la nuit, et gâchent les vacances de tout le monde.

Lola saute de son rocher et fait un petit tour sur la plage, pour finir au bord de l'eau, près de Violetta. Alors, d'où viens-tu vraiment ? demande-t-elle à voix basse.

Glasgow, répond Violetta. Govanhill. On voit bien qu'elle va pleurer, ça ne va pas tarder. Elle n'essaie même pas de se retenir. J'en ai un peu marre de ton cirque, dit Lola, je t'ai demandé d'où tu venais vraiment. Vous êtes censés être partis, tu sais, les gens comme toi, vous n'avez pas compris le message ?

Lola ramasse un caillou. L'eau est très profonde à l'endroit où tu te trouves, Violetta Shit-chenko, dit-elle, et il ne vaut mieux pas que tu rencontres le brochet.

Il y a des centaines de galets sur cette plage, pile de la bonne taille, et elle n'a pas besoin qu'ils fassent de ricochets.

commence à se noyer

Le ciel a viré au gris jaunâtre, la couleur des pansements, ou de la corne sur de vieux pieds blancs. La pluie mijote à petits bouillons. Les arbres dégoulinent. L'herbe abdique, commence à se noyer par endroits dans l'eau des flaques, parce que même ici, où les aquifères sont sollicités en permanence et le paysage façonné par la pluie à ses propres fins, la terre ne peut absorber autant d'eau en un seul jour.

Sous les haies, au creux des grands arbres, les oiseaux dépérissent, punis, attendent. Dans leur terrier, de petites créatures hument l'air et restent affamées.

Il y aura des morts le matin venu.

la bravoure d'un frêle esquif

Papa a fait couler de la soupe dans sa barbe, et quand Becky le lui fait remarquer, il répond que c'est au cas où il aurait un creux plus tard. Alex croit qu'il va vomir, carrément gerber sur la table. Sa propre soupe bouillonne et remonte dans son estomac. Qu'est-ce qui t'arrive, dit maman, souris un peu, la pluie finira bien par s'arrêter. Alex tourne la tête. Écoute, a-t-elle dit en mai, quand il a fait savoir qu'il resterait à la maison cette année, on te laisse volontiers tout seul une journée, mais deux semaines c'est trop long, sans compter que je sais pertinemment à quoi ressembleraient tes journées, toi et tes copains dans une maison vide, et puis ce sont nos vacances en famille, évidemment qu'on te veut avec nous. Non, tu viendras. Si tu voulais faire autre chose tu aurais dû prévoir quelque chose de solide il y a des semaines. Il y a des semaines, il révisait pour ses examens, et par "quelque chose de solide", maman sous-entendait "revenir aux années 1990 quand il y avait du boulot pour les gamins de seize ans sans expérience".

Rien, répond-il. Je vais faire une sortie en kayak. Maman regarde la pluie qui dégouline sur les carreaux. Mais tu vas te tremper, dit Becky. Flash spécial, fait-il, un kayakiste se mouille en Écosse. C'est pas pour rien qu'on appelle ça sports nautiques, débile. Ne traite pas ta sœur de débile, dit papa. Sortir où, d'abord ? Alex hausse les épaules. Faire le tour de l'île, dit-il, pas trop loin, je ne peux pas rester toute la journée enfermé ici. Tu n'es pas enfermé, dit papa, tu peux partir quand tu en as envie, personne ne te retient. Oui, donc voilà, dit Alex, c'est ce que je dis, je sors en kayak. Et non, tu ne me retiens pas, n'ajoute-t-il pas, et j'en ai vraiment envie donc c'est pour ça que je me taille, pigé ? Il se lève, pose son bol dans l'évier avant que quiconque le lui demande. Et pour débarrasser alors, dit Becky, pourquoi il peut partir comme ça, tu vas me demander de faire la vaisselle, hein ? Maman soupire. Ce ne sont que quatre bols et une casserole, je préfère encore le faire moi-même et ne plus t'entendre te plaindre. Très bien, dit Becky, comme tu veux, c'est pas que ça me dérange de la faire, mais je ne vois pas pourquoi Alex aurait le droit de sortir sur le loch pendant que je dois récurer des casseroles, c'est vraiment sexiste. Je t'ai dit que j'allais le faire, répète maman.

En se dirigeant vers la salle de bains, où sa combinaison sèche au-dessus de la baignoire, Alex se dit que si Becky était plus intéressée par la justice sociale que par le fait d'échapper aux tâches ménagères, elle verrait que faire faire la vaisselle à maman n'emmerde en rien le patriarcat. De toute façon, c'est papa le patriarche dans les parages. Ou c'est ce qu'il aime penser. Alex ferme la porte à clé, sent son crâne soulagé d'un poids au clic qui lui procure une minute d'intimité. Ce n'était pas un problème quand ils étaient petits mais c'est indécent de l'obliger à partager une chambre avec Becky à leur âge, quel que soit le nombre de pièces de ce chalet. Maman et papa pourraient dormir sur le canapé-lit, non, se déshabiller dans la salle de bains ? Il envisage de se branler vite fait tant qu'il en a l'occasion mais décide plutôt de se casser d'ici. Loin d'ici.

La pluie est atroce, quoique moins atroce que ce chalet. Il tire le kayak rouge de sous la terrasse et papa ouvre la porte vitrée pour lui dire de faire attention à ne pas l'érafler sur le gravier et de vraiment mettre son gilet de sauvetage. Comme s'il avait eu en tête d'abîmer le kayak et de se noyer, non que l'idée n'ait pas son charme, si l'on considère l'alternative. Combien reste-t-il de jours avant qu'ils rentrent à la maison ? Non, mieux vaut ne pas y penser. En soulevant le kayak, il aperçoit du mouvement à la fenêtre voisine, la petite fille et son frère, bébé, qui l'observent, les mains plaquées contre la vitre, et qui lui font signe, comme s'il était un train et eux des passants sur un pont. Au bout d'un moment, se sentant un peu bête, jetant un œil alentour pour s'assurer que personne ne regarde même si on ne peut jamais être sûr dans un village vacances, il bascule le kayak et leur fait signe à son tour. Conducteur de train. Il faut qu'il se taille d'ici. Plus tard, il ira au pub avec son téléphone où, cette année, ils veulent bien faire comme s'il avait l'âge d'être dans un bar avec un verre de Coca et le wifi gratuit, et ce sera peut-être le jour où il verra s'ils sont d'accord pour lui vendre une bière. De l'eau froide ruisselle dans sa nuque. Il pose le kayak en équilibre sur son épaule et le porte à travers l'herbe en direction de la jetée. Une bourrasque de pluie lui martèle le visage. Son téléphone est resté à la maison, toujours allumé au cas où les conditions météo coïncideraient avec ses souhaits et lui permettraient de capter quelques instants, alors il compose un message dans sa tête destiné à son groupe de discussion et l'envoie au vent. SOS. *Mayday*.

Le vent lui donne des gifles humides sur les oreilles et tire le kayak, il trébuche, se cogne le tibia contre un de ces rochers stupides dont les gens se servent pour revendiquer leur lopin d'herbe sur l'espace commun. Merde, dit-il. Putain de rocher. Bande d'abrutis. Connards. Parfois, tout seul, il continue comme ça un moment, fait prendre l'air à ses gros mots, mais la météo étouffe sa litanie d'insultes. Le ciel écossais est plus obscène que toute voix humaine. Il change le kayak de côté, baisse la tête, pense aux jeux de société dans le chalet humide, à l'odeur de la soupe et à la voix aiguë de sa sœur, et continue. Il ne mourra pas, après tout, dehors, et il aurait pu tuer quelqu'un en restant dedans. Son père par exemple. Il pourrait tuer son père à la barbe dégoulinante de soupe. Mais arrête avec ta soupe, se dit-il, sauf que l'odeur gluante de tomate semble accrochée à ses cheveux. Rien de sanglant, il ne tient pas à verser le sang de son père, mais la satisfaction de l'approcher par-derrière avec la poêle dont sa mère se sert pour faire des œufs au plat puants avec le blanc baveux et visqueux qui fait des fils quand son père les enfourne dans sa bouche, avec cette poêle ou avec un de ces rochers, tiens –

Les galets sur la plage sont sombres et luisants de pluie. Il aime le bruit qu'ils font sous ses pieds, proclamant qu'il est là, bien réel, fait de masse, de force, de vélocité. Un enfant a perdu une chaussure sur la plage, une chaussure de ville, cuir noir avec une fleur rose, et s'il ne portait pas ce putain de kayak il la mettrait dans un endroit plus visible, à l'endroit, déjà, et plus loin du bord de l'eau, comme les gens font avec les objets trouvés, les nounours et les bonnets à pompon, comme des autels improvisés. Sur le chemin du retour, peut-être.

Bon, il peut aller au bout de la jetée et partir de là-bas ou faire preuve de cran et entrer directement dans le lac. Son père le regarde peut-être. Il avance dans l'eau. Ce n'est pas une combinaison étanche, il faut laisser l'eau entrer puis son corps la réchauffer autour de soi. Elle est si gelée que ses pieds et ses chevilles enregistrent une douleur et non une température. Mollets. Genoux. Putain de merde. Il s'arrête pour abaisser le kayak.

Quand il était plus jeune, il pissait dans sa combi, pour la réchauffer.

Il y a trois oiseaux blancs assis sur l'eau à mi-chemin de la berge et de l'île. Des mouettes. Bec jaune crochu, éclairs noirs sur la tête, plus grosses qu'on ne les imagine, pas spécialement gênées par la pluie.

Il a de l'eau jusqu'aux cuisses et le kayak tire sur sa corde comme un chien impatient. Très bien. Ç'aurait été plus facile de se lancer de la jetée.

Beaucoup plus facile.

Oh putain.

Il a glissé, sans tomber, et maintenant au moins la combinaison est bien remplie et ne tardera pas à le protéger du froid comme elle est censée le faire. Nouvelle tentative, et cette fois il finit plus ou moins dans le kayak, plus ou moins dans le bon sens. En avant vers l'île. L'autre côté. Le bout, même, la ville où se trouve la gare, et, s'il le pouvait, s'il avait de l'argent, il prendrait le train pour rentrer chez lui, s'il avait ses clés, pense-t-il en se mettant à pagayer, quoique, ce n'est pas chez lui qu'il irait, ou juste vite fait pour prendre une douche, se changer et fourrer des affaires dans un sac à dos. Une fois qu'on flotte sur l'eau, le loch est plus agité qu'il n'y paraît depuis la berge. Il trouve son rythme, apprécie comme toujours la percussion de l'eau, du corps, du bateau, la bravoure d'un frêle esquif transportant un être vivant sur une étendue d'eau. Il n'aurait pas de téléphone et surtout pas d'argent, mais il n'y a pas toujours de contrôleur dans les trains, et si c'est le cas on peut se cacher dans les toilettes. Il voit une bourrasque déferler sur le loch, l'eau se hérisser comme une fourrure qu'on caresse, et oriente le kayak pour l'affronter. Il rentrerait chez lui, prendrait une douche brûlante – pas du luxe après avoir voyagé en combinaison de plongée – et il dévaliserait la cuisine, non, il mettrait une pizza surgelée au four avant de prendre sa douche, après quoi, c'est certain, il emprunterait la carte de crédit que sa mère garde dans son bureau parce que même si elle n'aime pas les cartes de crédit, ni le concept de dette, en avoir une vous octroie un historique de solvabilité, et si jamais elle se faisait piquer son sac à main dans la rue, et il irait sur Internet pour trouver un moyen de quitter ce pays parce que les gens continuent à le faire, c'est possible – pas l'Amérique, bien que ce soit le choix évident, où les gens sont toujours allés, mais avec les racistes, les flingues, et les tarés complet, ce n'est même plus drôle, et de toute façon il paraît que c'est le pays qui a la politique d'immigration la plus dure. L'Australie, terre rouge, ciel immense. Il surfe pas trop mal. S'en sort sur une planche à voile par temps calme, en tout cas. Ils ont des boulots à la ferme, non, pour les jeunes voyageurs, pour les Européens, et ils feront bien une exception, il est écossais. Il pourrait cueillir des fruits, il ne sait pas trop ce qui pousse là-bas. Des mangues, tièdes et lourdes comme des seins. Est-ce qu'il pleut assez en Australie pour des mangues ? Hmm, des seins. Ou le Canada, où ils sont censés être plus sympas que les Américains, il pourrait remonter des rivières en kayak ou quelque chose comme ça, quoique c'était peut-être il y a longtemps. Ça ne serait pas pire qu'ici. Il sait où sont les passeports, bêtement cachés dans le tiroir du haut de la commode de sa mère, avec ses bijoux, histoire de faciliter la tâche aux cambrioleurs. Je sais, dit-elle, mais quand je cache les choses je ne les trouve plus et puis si quelqu'un s'introduit chez vous il vaut mieux qu'il trouve ce qu'il cherche et reparte, de toute façon on ne peut pas vivre toute sa vie en anticipant ce que des cambrioleurs imaginaires auront en tête, ce n'est pas comme si on s'était servi de ces passeports depuis des années, juste pour la banque ou quoi, le tien et celui de Becky ont dépassé la date d'expiration de toute façon. Bon, il ne fait que penser à certaines choses, n'est-ce pas. Il y a des lacs, au Canada, et des montagnes, il pourrait y être en ce moment, en train de rapporter des provisions au chalet où sa petite amie l'attend, sa petite amie avec ses longs cheveux clairs et des nichons incr – il a presque dépassé l'île et les vagues commencent à fouetter le côté du kayak de sorte qu'il sent la violence de chaque bourrasque. Proue face au vent, alors, et le retour sera ultra-rapide. Il aime le vagabondage que permet un kayak sur un loch, aller là-bas si l'envie vous en prend, jeter un œil de ce côté, il s'agit de faire du kayak plutôt que d'aller quelque part et revenir. Il pourrait s'arrêter sur l'île, il y a même un ponton où le petit ferry fait une halte en été pour les gens qui font les randonnées et lisent les panneaux à propos d'oiseaux et d'animaux qui ne sont plus présents pour la plupart, puis s'assoient aux tables de pique-nique pour manger des sandwichs au jambon et des chips. Il ne serait pas contre un sandwich au jambon et des chips, là. Mais il aime bien être ici, il veut poursuivre, peut-être même arriver au bout du lac, où la rivière se déverse depuis les collines, après tout la nuit ne tombera qu'un peu avant minuit et ce n'est pas comme s'il avait autre chose à faire aujourd'hui.

Il continue à pagayer. Le ciel moutonne, les nuages couleur ecchymose. Il lèche sa lèvre supérieure pour vérifier si son nez coule ou si ce n'est que la pluie, et découvre qu'il peut lécher une étonnante portion de sa joue, douce en comparaison du sel de ses lèvres. Qu'il coule, tant pis. La pluie n'a plus d'importance maintenant ; protégé dans l'eau réchauffée de sa combinaison dans un kayak qui vogue sur un loch, il a oublié ce que ça fait d'être au sec. Des gouttes éclaboussent le bateau, le vent chante dans l'air lourd, des vagues fouettent la coque et la pagaie plonge, tourne, tire, goutte. Il persévère, active ses muscles contre le vent et le courant tandis que sur la berge les arbres penchent d'un côté puis de l'autre. À l'est, les mouettes dégringolent du ciel, tournoient et crient. Qui voudrait s'entasser dans un chalet au lieu d'être ici ?

Vers l'avant, pluie, vent, ciel dégoulinant, le temps qui se déchaîne sur la vallée et plus au sud sur les collines et les champs détrempés. Les épaules d'Alex commencent à tirer, et bien que le kayak soit en bon état, c'est vrai que plus de vent rendrait les choses difficiles. Rien qu'un peu plus loin, jusqu'à ce qu'il soit parallèle à cet arbre qui semble planté dans l'eau mais a en fait tordu ses racines depuis un îlot rocheux, arbre qu'il a escaladé quelques fois quand il était petit. Il se rappelle avoir progressé le long d'une branche au-dessus de l'eau, conscient que davantage de rochers affleuraient à la surface de l'eau, que s'il tombait il y aurait du sang et des fractures et papa qui ferait je te l'avais bien dit, autant de raisons pour continuer à avancer. Bon, il est arrivé. Il n'est plus obligé de faire ça maintenant.

Il fait pivoter son embarcation, sait exactement à quel moment planter sa pagaie pour pointer la proue dans le sens du vent. Il est pile au milieu, aussi loin des deux berges qu'on peut l'être et il voudrait être plus loin, il aimerait une étendue plus vaste. Il se repose un instant, en équilibre, se laisse dériver avec son bateau. Ça fait douze ans qu'il va à l'école, trois quarts de sa vie gâchés à obéir aux sonneries, faire la queue pour de la nourriture atroce, sentir sur sa peau des pantalons en nylon, encore une année à tirer. C'est un mensonge de dire que les études supérieures seront différentes. Encore un an. Enfin, dix mois. Bon sang. Et après, quoi ? L'université, sauf qu'il n'a aucune idée de ce qu'il y ferait, il est bon en maths mais qu'est-ce qu'on fait avec un diplôme de maths ? Puis cinquante ans de travail. On ne devrait pas penser à la retraite avant même d'avoir commencé à travailler, ça ne tourne pas rond sinon, et de toute façon il sera mort d'ici là, soixante-six ans. S'il reste une planète où vivre, si tous ces gouvernements tarés réussissent à préserver quelque chose. Il reprend sa pagaie, mais une fois le kayak parti dans la bonne direction, il ne lui reste qu'à manœuvrer, il borde seulement pour la stabilité tandis que l'eau qui se déverse des collines du nord et que le vent qui souffle sur le lac le ramènent à bon port. Une douche brûlante, pense-t-il, et s'il vous plaît Seigneur plus de bouillie marronnasse “faite maison” pour le dîner. Ce n'est pas tellement les vacances pour moi, dit-elle, je ne sais pas si vous avez remarqué qu'il y a toujours des repas à préparer, des toilettes à récurer et même plus souvent que d'habitude vu que tout le monde est tout le temps présent, sans magasin de proximité pour dépanner quand on est à court de quelque chose. Mais qui a choisi cet endroit, hein, qui a voulu venir en vacances dans un endroit où y a même pas de friterie, putain ? C'est vraiment bizarre quand on y réfléchit, tous ces Blancs de la classe moyenne qui viennent ici pour avoir moins d'intimité, de confort et d'avantages que chez eux, en quoi ce sont des vacances ? C'est une pause, dit maman, dont on s'imagine avoir besoin par rapport au quotidien mais en fait pas tant que ça, un retour à l'essentiel, tu as remarqué qu'on se parle davantage sans nos téléphones ? Ouais, dit-il, continuant l'affrontement, j'avais remarqué, merci. Et où sont tous les autres ? Amir, un ami d'Alex, est parti dans un de ces hôtels tout compris en Espagne ou en Turquie ou quelque chose comme ça, il a dit qu'il y avait de la bouffe gratuite tout le temps, un petit-déjeuner chaud puis des fruits et des biscuits toute la matinée, puis un buffet pour le déjeuner, des glaces et des gâteaux l'après-midi, puis un dîner, et deux piscines bien que l'hôtel donne sur la plage, et des tas de filles canon allongées sur des transats à s'ennuyer. Le soir, barbecue, avec des chefs en toque blanche sur la terrasse, burgers et steaks à volonté. C'était incroyable, d'après Amir, la bouffe et les filles, plus une super salle de sport, donc en fait Amir avait passé deux semaines entières à faire de l'exercice, du surf, à manger et draguer les filles, sans pratiquement voir ses parents. Même en retirant au moins la moitié la plus excitante de ce qu'Amir dit avoir fait avec ces filles, *au moins* la moitié – il entend le vent arriver avant qu'il frappe, a le temps de se préparer mais l'a échappé belle. Merde.

Il enfonce sa pagaie dans l'eau sombre, rétablit son kayak, voit la bourrasque déferler sur le loch, tabasser les arbres, les vagues.

Très bien, dit-il, tu veux la jouer comme ça, vas-y, amène-toi, enculé, et une petite voix au fin fond de son esprit demande ce qu'il fait au juste, insulter le temps, le tumulte qui arrive des montagnes, sur la mer, depuis l'Arctique même, est-ce qu'il a perdu la raison, seul au beau milieu d'un des plus grands lochs d'Écosse, sans un endroit où s'abriter, tu pourrais te noyer ici, facilement. Ils ne retrouveraient jamais ton corps, quoique le kayak rouge finirait par s'échouer tôt ou tard, coque en l'air, sûrement, accostant sur la berge comme s'il pouvait remonter la plage jusqu'au chalet, et pendant ce temps son corps dériverait, coulerait, loin, où les collines plongent si abruptement dans le loch, il y a probablement des centaines de mètres d'eau sous lui et des brochets et tout, de ce qu'il en sait les noyés s'emplissent de gaz et remontent à la surface mais pas si les brochets ont mordu et arraché la chair de l'os, il doit y avoir des morts par dizaines sous le kayak rouge, de jeunes hommes se dépêchant de rentrer avant que le vent se lève, gardant un œil sur le temps, mais tard, bien trop tard. Une autre bourrasque arrive et fait tournoyer le kayak sous lui. Bon Dieu, dit-il, si je sors de là sain et sauf aujourd'hui je promets de ne plus jamais – jamais euh – jamais me moquer de Kayleigh Ward. Il ne le fait jamais devant elle, ou pas tout à fait, seulement quand les autres le font aussi, et puis si ça l'embêtait vraiment, elle porterait des vêtements normaux, non, elle ferait en sorte de s'arranger ? Bon, le bateau s'est rétabli. Ces brochets devront attendre. Il a vraiment mal aux épaules à présent, elles sont crispées, tirent. Il se tortille un peu, ne peut pas se permettre de s'arrêter et de s'étirer comme il faudrait parce que seule sa progression en avant maintient le kayak stable parmi les vagues de plus en plus costaudes. Allez arrête, se dit-il, t'es pas non plus en train de traverser l'Atlantique, ce n'est qu'un lac. Non qu'on puisse traverser l'Atlantique en kayak. Non qu'on puisse perdre la terre de vue si on le voulait, ni même la plage, pas avec un vent comme ça. Mais bon c'est n'importe quoi, il ne va pas se noyer, il a son gilet de sauvetage, n'est-ce pas, et puis il est en combinaison, il ne souffrira pas d'hypothermie non plus, et il sait nager, plutôt bien même, il pourrait sûrement tracter le kayak d'ici s'il le fallait, ce n'est pas si loin, jusqu'aux arbres là-bas, mais ce n'est pas nécessaire, n'est-ce pas, il s'en sort bien, il continue à pagayer.

Il change encore de bord. Aïe. Il va être raide comme un piquet demain. Est-ce qu'ils lui permettront de prendre un bain, d'utiliser toute l'eau chaude, de s'enfermer tout seul dans la salle d'eau pendant une heure ? Il pourrait se branler comme il faut. Ça fait des jours, même quand il est persuadé que Becky dort, y a des choses qu'on ne peut pas se résoudre à faire quand sa sœur est dans la même chambre. La pluie se fait plus drue, mitraille la coque, il l'entend aussi crépiter sur le loch. Il lèche l'eau de son visage, s'apprête à essuyer son nez du dos de la main mais à quoi bon. Revoilà cet arbre, il n'est plus très loin maintenant, et il y a un autre cinglé dehors, en veste camouflage, mais les arbres sont d'un vert si éclatant qu'on le voit quand même, ça pourrait être un randonneur mais il n'est pas sur le sentier et il ne fait que s'arrêter. Probablement un autre qui ne pouvait pas tenir cinq minutes de plus à l'intérieur, ou un de ces abrutis de campeurs, mais qu'est-ce qu'on peut foutre dans une tente toute la journée, vous préférez pas rester chez vous ? La ville au loin est voilée par la pluie, le monde ayant le kayak rouge pour centre rétrécit. Mais pas ce qu'il y a en dessous, pense-t-il, cette distance-là reste la même, jusqu'aux cailloux et aux algues agrippantes du fond, où gisent les squelettes. Est-ce que ça change quoi que ce soit, tout en bas, la météo ? Est-ce que les poissons connaissent seulement le vent ?

Ses mains commencent à s'engourdir. Peu importe, évidemment, il peut encore pagayer. Mais quand même. Ses pieds aussi, maintenant qu'il y pense. Il s'en sortirait mieux avec une combinaison étanche mais ils n'ont pas voulu lui en acheter une, pourquoi vouloir une chose pareille, on vient juste de dépenser plein d'argent pour la combinaison de plongée, on n'a nulle part où la ranger et tu crois qu'on cueille les billets sur les arbres ? Il peut se dégoter un petit boulot maintenant. Un numéro de Sécurité sociale est arrivé au courrier il y a quelques semaines, il l'a monté dans sa chambre et l'a regardé, a relu la lettre. Comment ils le connaissent, les gens de la Sécurité sociale, comment ils savent comment il s'appelle, où il habite et à quel moment il a fêté ses seize ans, est-ce qu'ils l'observent depuis toutes ces années ? Ils ne devraient pas faire ça. Ça devrait être à nous de leur dire, me voici, je suis prêt, vous pouvez me compter. Mais bon, il y a sûrement des gens qui ne le feraient jamais, qui préféreraient se cacher dans les bois ou dans les montagnes, à cuire des écureuils ou des lapins sur un feu de camp – quoique, il serait difficile de faire un feu avec ce temps, à moins d'être dans une grotte mais bon après où va la fumée –, cueillir des baies les trois semaines où il y en a à ramasser. Il avait un livre sur ça quand il était petit, sur un gamin en Amérique qui s'enfuyait et vivait dans un tronc d'arbre creux dans les Catskills, et bien qu'il l'ait lu une quinzaine de fois, il y avait des passages qu'il avait du mal à vraiment imaginer, un arbre assez large pour y faire un lit, s'asseoir et stocker des choses, un pays assez vaste pour qu'une personne, même un enfant, puisse vivre indéfiniment sans jamais croiser quelqu'un d'autre. Il entend le vent, cette fois, avant qu'il le frappe, mais il ne peut pas faire grand-chose, le kayak dérape sous lui, s'incline quand il se retrouve parallèle aux vagues et, même s'il ne chavire pas, de l'eau froide s'infiltre dans sa combinaison et il se met à trembler, un frémissement interne qui semble venir de ses profondeurs, de ses entrailles ou de ses poumons. Rien d'autre à faire que rentrer à la maison, vite maintenant, et c'est vrai que le vent l'aide, bien qu'il n'en ait pas l'impression, ça prend beaucoup moins de temps de revenir que de partir.

Il ne sent vraiment plus ses doigts.

Et voilà l'île, les sorbiers accroupis au bord de l'eau. C'est là qu'il ne va pas falloir se planter, à ce tournant, impossible de ne pas croiser la trajectoire du vent, il va simplement guetter une éventuelle bourrasque. La pluie martèle son visage quand il tourne, éclabousse son œil gauche qu'il ne peut pas garder ouvert, ce qui l'empêche de regarder en arrière au cas où le vent déferlerait sur l'eau. Avec des clignements rapprochés qui lui font voir le monde par flashs stroboscopiques et empêchent son cerveau d'appréhender la constance du bateau, des vagues et de la terre, il traverse à présent la dernière ligne droite, rapidement, voit la vieille balançoire en corde bleue s'élancer dans le vent et retomber, comme si un enfant invisible s'amusait dessus. Un enfant fantôme, pourquoi pas, on pourrait mourir ici, facile, c'est pour ça que ça lui donnait des frissons avant, de l'eau et des rochers qui l'attendaient en dessous à la place de ce revêtement caoutchouteux qu'ils mettent dans les aires de jeux. Même maman leur disait de ne pas aller jouer sur cette balançoire, et pourtant elle répétait toujours que les enfants il fallait les élever en plein air, qu'il valait mieux se faire des bosses et des bleus dehors que passer son temps sur des écrans dedans. Le silence envahit les oreilles d'Alex et il se rend compte que tout l'après-midi, le vent a grondé dans sa tête, résonné dans ses osselets et ses tympans. Ou en tout cas depuis qu'il est parti, ça doit faire quoi, deux heures, au moins, jusqu'ici. Et les vagues, bien sûr, ont quasiment disparu ici à l'abri de l'île et de la péninsule où même aujourd'hui on aperçoit des voitures étincelantes de pluie entre les arbres, dont les occupants sont désespérés au point d'aller marcher sous la pluie, certains roulant simplement jusqu'au bout de la route pour se garer et rester assis là, avec un journal et un thermos de thé, et ça le rend dingue rien que d'y penser, ces gens assis dans des voitures à l'arrêt, les vitres qui s'embuent, attendant que les minutes passent, que leur vie s'écoule au goutte-à-goutte. On ne peut pas attendre une éclaircie, bordel, pas ici, on mourra avant qu'il cesse de pleuvoir.

À l'intérieur de l'île, la surface de l'eau qui frise, le clapotis des vaguelettes sur la plage de galets. Il se dirige vers la jetée, cette fois, pour aller au plus facile, monter par l'échelle et tirer le kayak par une corde, mais quand il essaie de poser sa pagaie pour attraper l'échelle il s'aperçoit que ses doigts sont verrouillés sur le manche, le simple fait de lâcher un objet pour en attraper un autre ne fonctionne plus, or il faut qu'il attrape le montant de l'échelle, ou quelque chose. Il coince la pagaie entre les échelons, ce qui immobilise le bateau, puis se penche en avant, mord son index et le soulève de sa pagaie avec ses dents, et il n'y a pas de sensation dans son doigt mais une vibration atroce dans son avant-bras, comme si une corde avait été pincée au mauvais moment. Bon. Il recommence avec son majeur, une vibration moindre, et maintenant il peut crocheter son bras autour du montant et poser la main qui tient la pagaie sur ses genoux. Il souffle dessus, la bouche grande ouverte, fait des ha gutturaux jusqu'à avoir un peu le tournis, et il arrive à se servir d'une main engourdie pour soulever l'autre, elles fonctionneront probablement pour gravir l'échelle bien qu'il ne puisse pas les sentir, on ne doit pas avoir besoin de la sensation à proprement parler pour faire marcher son corps et peut-être bien qu'il va amarrer le bateau pour revenir le chercher plus tard mais il sait ce que son père va dire. Il fait un nœud approximatif le temps de sortir et putain de merde il en chie, est-ce que ça ressemble à ça la vieillesse, comme sa mémé qui boitille et se cramponne toujours partout comme si on ne pouvait pas faire confiance au sol, est-ce que ça ressemble à ça parce que si c'est le cas ça ne l'intéresse pas, merci bien, il se jettera du haut d'une falaise quand il aura soixante-dix ans ou n'importe. Foncera en voiture contre un mur.

Alex se retrouve à plat ventre sur le bord de la jetée. Il se tortille vers l'avant, se cogne le genou tellement fort qu'il en a les larmes aux yeux mais au moins il le sent encore. Il s'assoit et les tremblements le reprennent. Il se met à quatre pattes et se hisse à la verticale et ça fait vraiment un mal de chien, le simple fait de se tenir debout le fait souffrir le martyre et il se traîne jusqu'au bout du ponton en se disant qu'ils vont l'observer, tous ces gens assis dans leur chalet avec vue sur le loch, scrutant la pluie toute la journée en attente d'un tel événement, d'un garçon qui se ridiculise à la vue de tous. Oh, Mavis, regarde donc, c'est le gamin du bout du chemin, il n'arrive même pas à marcher, qu'est-ce qu'il est allé faire celui-là. Descendre de la jetée, entrer dans l'eau, tirer le kayak mais pas trop loin pour ne pas l'érafler sur les galets, avec toute la flotte qu'il y a dedans. Le basculer sur le côté, regarder l'eau dégouliner, maintenant le soulever, allez, ramasse-moi cet enfoiré. Bon sang. Il était pas aussi lourd à l'aller. Marche, maintenant, tout le monde te regarde, tiens, encore cette chaussure, elle n'est pas revenue la chercher, comment la petite fille est-elle rentrée chez elle sans sa chaussure ?

Ils ont allumé la lumière dans le chalet et il voit maman faire ses mots croisés débiles et papa tripoter son téléphone bien qu'il ne puisse y avoir grand-chose de nouveau à regarder. Becky doit être dans la chambre, ou si elle s'est enfermée dans la salle de bains il va devoir péter la porte parce qu'il faut qu'il prenne une douche. Ou un bain. Ces tremblements. Ses genoux lui font mal quand il se penche et ses bras refusent de bouger pour poser le kayak et ses épaules refusent presque de le pousser sous la terrasse. Il enlèvera son gilet de sauvetage à l'intérieur, quand il pourra défaire les clips. Il se traîne en haut des marches, réussit a ouvrir la porte et à se glisser dans le chalet. Te voilà, dit maman, je commençais à me demander, ferme la porte mon chéri, tu laisses sortir toute la chaleur.

des carcasses de currachs en peau

Il n'y a pas beaucoup de bateaux. Le vapeur part de toute façon, par tous les temps, trace ses lignes à travers l'eau, les commentaires amplifiés du capitaine déferlant par-dessus les vagues. Ici Bonnie Prince Charlie, là Marie Stuart reine d'Écosse, Braveheart, Walter Scott, Rabbie Burns et tous les Écossais célèbres qu'on puisse citer, et si Nessie n'est pas dans ce loch-ci, nous avons nos propres monstres sous-marins. Les avirons autour de la jetée du village se sont évaporés comme des moucherons dans le vent, les véliplanchistes ont plié les gaules, les jet-skis sont au repos et même les kayakistes sont sur le rivage.

Il y a d'autres bateaux, au fond. Il y a des carcasses de currachs en peau, des coques de canoës en écorce, des troncs d'arbres évidés qui abritaient autrefois des ours. Il y a des petits bateaux de garçons de tous les siècles qui ne sont jamais rentrés à la maison, dont l'eau retient les vêtements reprisés à la main, le cuir fantôme de leurs chaussures et les amulettes qui n'ont pas fait leur office quand on avait besoin d'elles.

d'autres nageurs silencieux

Maman, fait Izzie, maman, maman, regarde. Maman ? Maman, regarde. Maman ?

Oui, dit Claire, qu'est-ce qu'il y a ? Elle se demandait combien de fois Izzie dirait "maman" si elle ne répondait pas, mais il semble qu'Izzie puisse prononcer ce mot plus de fois que les oreilles de Claire ne peuvent le tolérer.

Maman regarde, viens voir maman.

Je suis en train de nettoyer l'évier, a-t-elle envie de répondre, en fait je récure la saleté incrustée derrière les robinets qui m'embête depuis le début de la semaine. Qu'est-ce qui est susceptible d'être le plus digne d'intérêt, la crasse marron ou un événement quelconque survenu sous la pluie ? Claire pose son tampon à récurer dans l'évier – si on peut dire une chose à propos de la plupart des cottages de vacances, c'est qu'ils sont vraiment bien équipés en produits d'entretien, sans poudre de perlimpinpin écoresponsable – et traverse la pièce. Il y a de la boue sur la moquette près de la porte et deux couches de traces de doigts ayant probablement étalé de la morve sur les portes-fenêtres, une à la hauteur d'Izzie et la plus basse à l'endroit où Patrick se frottait en aplatissant son visage contre la vitre.

Pendant que Claire s'occupait des robinets, Izzie a respiré tout contre la vitre et dessiné des fleurs dans la condensation. Et si je te donnais un chiffon et le produit à vitres, dit Claire, tu voudrais bien nettoyer ça pour moi ? Izzie secoue la tête lentement. C'est trop haut, dit-elle, mais regarde, maman !

Il y a un adolescent qui remonte un kayak de la plage, il a dû sortir malgré le déluge. Enfin, elle imagine parfaitement pourquoi, à cet âge-là, se retrouver seul sous la pluie puisse être préférable à un petit chalet où il y a ses parents. Ou même à son âge à elle. Elle a des amis qui partent en vacances avec leurs parents et elle voit comment ça fonctionne, sur le principe. Les grands-parents peuvent passer du temps avec les enfants et les parents s'éclipser pour un déjeuner en tête à tête ou autre, mais aucun des amis en question ne semble s'amuser pendant ce genre de vacances. Elle dit que ses enfants n'ont jamais pleuré, elle dit qu'à son époque on les sevrait à six semaines et c'était terminé, elle dit que les siens allaient sur le pot à un an. Tu y crois toi, il m'a demandé de ne pas allaiter à table ? Du point de vue de Claire, les gens s'entendent mieux quand ils sont séparés au moins la moitié du temps, et elle n'est pas sûre que ça ne s'applique pas aussi aux gamins. Ce n'est pas qu'elle ait vraiment envie de divorcer de Jon, ou du moins l'idée ne l'effleure pas plus d'un soir par-ci par-là, mais il lui arrive d'envier les couples qui ont pris des dispositions de garde partagée. Ne serait-elle pas une mère exceptionnelle, ne conjuguerait-elle pas à merveille patience, créativité et abnégation si elle ne devait faire l'effort que cinq jours d'affilée ? Si elle bénéficiait d'un week-end sur deux pour elle toute seule, pour faire ce qui lui chante du lever au coucher du soleil, traîner au lit, aller nager, faire un grand ménage ? Je peux avoir un bateau rouge, dit Izzie, je peux avoir un bateau rouge pour aller dans les îles ? Claire lui caresse les cheveux. Peut-être quand tu seras plus grande, répond Claire, aussi grande que ce garçon. Parce que bien sûr, un jour Izzie deviendra une personne capable de partir seule en bateau vers une île, une personne du même âge, sinon de la même taille que ce garçon.

Claire essaie de s'imaginer en train de la regarder partir. Mais n'y arrive pas. Se demande si la mère de l'adolescent l'observe depuis un autre chalet, si elle pense ce que Claire penserait à sa place.

Tu veux bien nettoyer la vitre pour moi maintenant, ce n'est pas trop haut, il faut juste faire le bas, dit-elle. Elle ne dit pas : si c'est la partie que tu peux atteindre qui a besoin d'être nettoyée, c'est qu'il y a une raison. Mais Izzie secoue la tête. Dis à Patrick de le faire, dit-elle. Patrick ne peut pas être debout et tenir quelque chose en même temps, répond Claire, et puis il va bientôt s'endormir, bien que cette dernière phrase soit manifestement inexacte, car on entend parfaitement que Patrick est réveillé, alors que ça fait vingt bonnes minutes que Jon l'a couché. C'est bien trop tôt pour qu'il ne fasse plus la sieste, elle ne peut pas se retrouver avec un bébé de quinze mois qui ne lui accorde pas de pause déjeuner, et il devrait être fatigué, la famille a à peine fermé l'œil de la nuit avec ces Roumains d'à côté et leur musique à plein volume. Ils travaillent probablement à l'hôtel, ils se retrouvent à la fin de leur journée. Elle ne leur en veut pas de faire la fête, on a tous été jeunes – quoique les femmes qui séjournent dans cette maison n'ont pas l'air beaucoup plus jeunes que Claire –, mais il n'y a pas d'isolation phonique dans ces chalets et pourquoi vouloir venir en vacances jusqu'ici si ce n'est pas pour le calme, ils n'auraient pas pu choisir Newcastle ou un de ces endroits où vont les gens qui veulent aller en boîte, au concert, ce genre de chose ? Et avec une petite fille en plus, Claire l'a vue qui courait encore habillée comme une petite – enfin, avec des vêtements qui ne convenaient pas – bien après minuit. Elle espère qu'il y a quelqu'un avec elle le soir, qu'elle ne doit pas se débrouiller toute seule pendant que sa mère travaille derrière le bar. C'est plutôt sûr, dans le coin, il n'y a pas grand souci à se faire sur d'éventuels intrus et il y a tout un tas de gens à qui elle pourrait demander de l'aide. Claire l'a entendue qui jouait avec ces autres gamins sur la plage plus tôt dans la journée, mais le garçon faisait semblant d'avoir un pistolet et n'avait pas l'air très gentil, s'il n'avait pas plu si fort elle serait peut-être sortie jeter un œil. On ne sait jamais ce qui peut passer par la tête des gamins, comme ces élèves dans le dernier collège de Jon qui avaient consacré leur heure de déjeuner après un cours de physique sur l'électricité à essayer de contourner le système de sécurité d'une prise. Elle pourrait peut-être leur rendre une petite visite, pour dire qu'ils sont voisins et que si la petite a besoin de quoi que ce soit pendant que sa mère est au travail, mais ils le prendraient peut-être mal, ingérence et jugement critique. Ce en quoi ils n'auraient pas tort. Mais il y a des gamins qui meurent par manque d'ingérence et de jugement critique, combien d'affaires où des gens convenables se sont occupés de leurs oignons pendant que les voisins affamaient et battaient leurs enfants derrière les voilages. Des gens tout ce qu'il y a de plus ordinaire, parfois. Il faut tout un village pour élever un enfant, n'est-ce pas ce qu'on dit ? Il faut bien que quelqu'un soit ce village, édicte la norme.

Maman, est en train de dire Izzie, le garçon est presque tombé, il a failli lâcher son bateau, regarde. Ne t'en fais pas, dit Claire, il est de retour chez lui maintenant, avec sa maman. Qu'est-ce que ça fera de voir les enfants partir et revenir, se servir de leur propre clé et entrer en portant sur leurs épaules leur propre vie comme tout le monde ? Enfin, ce seront des enfants différents à ce moment-là, n'est-ce pas, des gens différents. Elle aussi, et puis Jon, quand ils iront sur leurs cinquante ans. Cinquante ! À compter qu'on soit tous encore là, qu'aucun président fou à lier n'ait appuyé sur le gros bouton rouge et qu'il y ait encore de l'air à respirer et de l'eau à boire. C'est franchement inexcusable d'avoir des enfants vu l'état du monde, vu la façon dont il va évoluer. Iz, dit-elle, fais un câlin à maman, et Izzie la regarde, estimant les dégâts qu'on lui demande de réparer, et Claire se met à genoux pour que l'étreinte soit pile où elle en a besoin, sur sa poitrine, contre son cœur. Elle serre Izzie contre elle jusqu'à sentir sa cage thoracique fléchir. Là, dit Izzie, ça va aller, et elle tapote l'épaule de Claire avant de se tourner vers la fenêtre, comme si quelque chose l'attendait dehors.

Claire, elle, retourne à l'évier. Izzie nettoierait la vitre à la va-comme-je-te-pousse, ça ne vaut pas la peine de se disputer. Le chalet était censé avoir été nettoyé avant leur arrivée et Dieu sait qu'ils ont payé pour ça, mais ça laisse vraiment à désirer, des femmes de ménage qui ne lavent pas derrière les robinets, on ne s'attend pas à devoir passer ses vacances à tout récurer. Elle va aussi s'occuper comme il faut des portes de placard, qui ont vu des doigts collants, sans parler de la poignée du gril, et si elle a le temps elle fera les interrupteurs, beaucoup de gens ne les nettoient jamais alors que tout le monde les touche sans arrêt. Elle sera plus détendue quand elle saura que tout est propre, ou en tout cas que la crasse est la leur.

Les pleurs s'arrêtent dans un hoquet. Jon arrive, Patrick dans ses bras qui tend les siens vers Claire, le visage rouge encore sillonné de larmes. Désolé, dit Jon, rien ne marche, on dirait qu'il n'a pas sommeil. Maman, dit Patrick, Maman, et Claire se rince les mains pour le prendre. Il enfourche sa hanche avec ses jambes et touche son visage d'un petit doigt triste et collant ; Jon a raison, s'il était vraiment fatigué il poserait sa tête sur son épaule et lui pétrirait le sein. Ça a fini par me sembler injuste de le garder dans son petit lit alors qu'il n'avait pas envie, dit Jon. Beaucoup de décisions parentales semblent injustes, pense Claire, c'est pour ça que c'est aux adultes de s'en charger, de donner la priorité aux conséquences à long terme plutôt qu'aux émotions du moment. Donner la priorité aux conséquences à long terme, voilà une expression qu'elle n'a pas employée depuis presque cinq ans. Cette femme-là existe-t-elle encore, celle qui ne portait que des vêtements sortant du pressing et élaborait des présentations clients ? Les logiciels ont sûrement changé depuis, sans parler des fringues. Claire caresse les cheveux de Patrick. Alors comme ça tu n'as pas sommeil petit lapin ? dit-elle. On va chercher la ferme ?

Elle a apporté une pleine caisse en plastique de jouets de la maison, tâchant de choisir ceux qui intéresseraient les deux enfants, ce qui est à la fois un gain de place et/ou un prétexte à disputes. En s'y prenant bien, on peut construire une ferme où Izzie prendra les vaches pour les traire ou – nouvelle activité préférée – empruntera le loup au zoo pour mettre la pagaille pendant que Patrick appuiera sur les boutons qui font meugler les vaches marron dans des tonalités spectrales. Elle s'était dit qu'ils verraient de vraies Highland cette semaine, peut-être les quatre pattes dans l'eau comme on en voit sur toutes ces cartes postales ou sur les puzzles, mais s'il y en a dans les parages, elles sont sagement restées à l'abri toute la semaine. Izzie, dit-elle, tu veux qu'on construise une ferme ? Elle porte Pat jusqu'au coffre à jouets et s'agenouille, essayant de ne pas penser au fait que tout ce qu'ils ont réussi à faire en dépensant tout cet argent pour être loin de chez eux pendant quinze jours, c'est se priver des ressources habituelles pour passer le temps : la piscine, par exemple, qui est un enfer sur le moment mais vaut finalement le coup quand les enfants sont épuisés après, et que le plus gros de la journée s'est écoulé, le temps d'y arriver en bus avec la poussette, de se changer et de changer les deux gamins, de tout ranger dans les casiers et d'épingler la clé sur le maillot de bain d'Izzie, de l'emmener faire pipi, de gonfler tous les brassards, de les aider tous les deux à entrer dans l'eau, de jouer à la maman et aux bébés otaries ou aux lutins sous-marins ou n'importe, de féliciter Izzie pour sa nage du petit chien et d'applaudir Pat qui s'éloigne à cinquante centimètres du bord, de se rappeler qu'on nageait des kilomètres et des kilomètres, qu'on faisait demi-tour sous l'eau comme on avait appris à l'école, deux fois par semaine avant d'aller au boulot, qu'on enchaînait les longueurs en silence avec d'autres nageurs silencieux, de les sortir de l'eau tous les deux en même temps, ce qui est délicat, comme l'énigme du poulet, du renard et du bateau, de retourner dans les vestiaires prendre une douche et leur faire enfiler des vêtements secs avant de s'occuper de soi vite fait, on ne prend pas vraiment la peine de se sécher parce que c'est quand on est le plus vulnérable, sans culotte ou lunettes, que l'un des deux va aller se noyer, de persuader Pat de retourner dans la poussette ou l'y mettre de force, de scruter le sol en quête de jouets, d'élastiques égarés et de brassards dégonflés, de marcher jusqu'à l'arrêt de bus avec deux enfants geignards, exigeant les gâteaux qu'on a mis dans le sac en partant, de la patience et du tact pendant qu'on prie pour qu'il n'y ait pas déjà une poussette dans le bus, de les occuper en attendant, avec des comptines entonnées gaiement, de continuer à chanter tout bas une fois dans le bus, les roues qui tournent et tournent, de se faire brinquebaler dans les mêmes vieilles rues, les roues qui tournent et tournent, tournent et tournent. Et voilà, pense-t-elle en montant la clôture en plastique, on doit trouver ses propres moyens de s'amuser. Elle doit leur trouver des moyens de s'amuser.

Claire, dit Jon, Claire, et si je les sortais un peu, il dormira peut-être dans la poussette et sinon ce sera quand même un changement d'air et de décor, et Izzie a ses bottes et sa combinaison de pluie. Elle lève les yeux vers lui. Il pleut à verse, dit-elle. Il hausse les épaules. On a des impers. Ils pourront sauter dans le bain quand on reviendra. On ne sortira pas longtemps de toute façon, mais une heure pour toi toute seule ça te plairait non ? Prendre un bain, toi. Au pire du pire, je peux les emmener au pub boire un jus, ce n'est pas la fin du monde. Non, dit-elle, non, je sais bien, mais c'est censé être des vacances pour toi aussi. Jon sourit à Izzie qui irradie en retour. Mais ce sont des vacances pour moi, dit Jon, je ne les vois pas beaucoup, pendant l'année. Qu'est-ce que tu en dis, Iz, on va sauter dans les flaques ? Tu pourras même patauger un peu dans l'eau si tu veux, avec tes bottes. Ouais, crie Izzie en levant les bras, ouais, patauger. Claire sait que Pat n'aimera pas ça, il n'a pas de bottes en caoutchouc, il ne tient pas en équilibre sur la plage de galets mais il voudra sortir de la poussette, et alors Jon aura besoin de ses deux mains pour lui et de deux de plus pour pouvoir attraper Izzie ou lui porter secours si elle tombe, mais ce n'est pas comme si elle ne s'était pas suffisamment coltiné tout ça cette année, et après tout, Jon est prof, certes pour adolescents et non maternelles, il est mieux formé qu'elle pour faire des choses avec les enfants. Je pourrais faire un vrai ménage, se dit-elle, je pourrais en effet prendre un bain, on pourrait peut-être se faire un bon dîner une fois que les enfants seront couchés, ou du moins un repas différent de celui des enfants, est-ce que je n'ai pas vu une bougie dans ce placard malgré tous les écriteaux sur les risques d'incendie ? Un bain, se dit-elle, et après un dîner aux chandelles, pas de copies à corriger pour Jon, presque de vraies vacances. On pourrait bavarder d'une chose ou d'une autre, pas des enfants, et peut-être qu'après – Tu es sûr, demande-t-elle à Jon, et il répond Mais oui, bien sûr, c'est rien qu'une heure bébé, fais une sieste ou prends un bain ou mets du vernis sur tes ongles de pied, ce que tu veux. Va au pub pour avoir le wifi sinon. Prends un verre. Il sourit. Un cocktail avec un cierge magique.

Elle aimait les cocktails, à une époque, cette femme en veste nettoyée à sec et talons hauts. Elle faisait une retouche maquillage dans les toilettes du bureau et filait directement au bar. Parfois, le vendredi, plusieurs bars.

Allez Izzie, dit Jon, essaie d'enfiler ta combinaison et tes bottes avant que je mette Pat dans la poussette.

Un tourbillon de bottes et de cirés, une couche propre pour Pat, un paquet de gressins au cas où il aurait besoin de distraction dans la poussette, le pantalon de pluie invraisemblablement large de Jon, une prise de bec avec Izzie qui veut prendre son parapluie violet et assure qu'elle n'a pas besoin de faire pipi jusqu'à ce qu'elle change d'avis une fois la combinaison zippée jusqu'en haut, et ils sont partis.

Elle ferme la porte.

Plus de bruit.

Toujours pas de bruit.

Il y a du vent, bien sûr, et la pluie sur le toit, mais elle entend sa propre respiration. Elle tousse, pour produire un son. Très bien, se dit-elle, Jon ne lui a pas accordé une heure pour écouter ses poumons. Elle a environ soixante minutes pour faire tout ce qui lui chante, se faire plaisir. Elle se rappelle ces océans de temps, à Londres avant les enfants, les week-ends et les soirées qu'elle ne remarquait même pas, perdues à n'importe quoi sur Internet, à regarder des séries pas tout à fait assez rasoirs pour éteindre, passer en revue des trucs qu'elle n'achèterait pas et des endroits où elle n'irait pas. Mais il lui arrivait aussi de cuisiner pour des amis, de sortir danser, au cinéma, à des concerts. Ce qui n'est pas son objectif en l'occurrence parce qu'il n'y a pas Internet ici ni ses amis, et la dernière chose qui lui fait envie est d'aller au pub, plein à craquer de jeunes randonneurs étrangers mouillés et déprimés et dépourvu de cierges magiques voire de verres à cocktail, non qu'elle ait envie d'alcool à cette heure.

Elle pourrait danser, c'est sûr, être ce genre de femme qui danse quand personne ne regarde, quoiqu'avec ces portes vitrées on n'est jamais sûr que personne ne regarde, elle se dit parfois que tout le monde dans ce village passe ses vacances à épier les autres, et de toute façon si elle veut danser elle peut le faire avec Izzie, même quand elle ne veut pas danser elle le fait quand même avec Izzie, à qui elle trouvera un cours digne de ce nom à la rentrée. Danse classique, pense-t-elle, se rappelant ses propres chaussons roses, une jupe en tulle qu'elle faisait passer pour un tutu, et un gilet cache-cœur rose tricoté par sa grand-mère, décédée quand Claire était enceinte d'Izzie. Mémé voulait tenir bon pour voir son premier arrière-petit-enfant mais a échoué à six semaines près, Claire se dandinant à l'enterrement, faisant de son mieux pour ne pas laisser sa peine s'infiltrer dans son système sanguin et dans le cerveau inachevé du bébé. Elle est certaine d'avoir lu quelque part récemment que la tristesse passe dans le placenta, plus ou moins, qu'une femme apeurée, contrariée ou déprimée fait mariner son enfant en devenir dans le chagrin et lui prépare une vie entière de détresse. Non qu'Izzie semble encline au malheur : à l'irritabilité, peut-être. L'impatience. Et puis c'est tellement injuste, ce n'est pas comme si les femmes faisaient exprès d'être apeurées, contrariées et déprimées, qu'est-ce qu'on est censé faire quand le désordre et la mort débarquent, quand les choses sont bel et bien effrayantes ? Bref, dit Claire tout haut, allez, tu as déjà gâché trois minutes à rester plantée là. Si c'est comme ça, autant faire ce grand ménage, mais ce n'est pas ce que Jon avait en tête, il sera déçu, aura l'impression qu'elle n'a pas voulu de son cadeau, s'il rentre et se rend compte que c'est tout ce qu'elle a fait, le ménage. Prends un bain, il a dit, semblant oublier qu'en réalité elle n'aime pas les bains tant que ça. Les magazines féminins disent toujours ça, un long bain parfumé, comme si absolument tout, depuis les kilos de la grossesse jusqu'à l'infidélité, pouvait se dissoudre dans des quantités folles d'eau chaude, comme si on pouvait claquer assez d'argent en sels de bain pour couvrir l'odeur de la haine de soi et de la rage contenue. Du point de vue de Claire, on s'ennuie dans un bain, trop chaud jusqu'à ce qu'il soit trop froid et puis on ne peut pas y faire grand-chose, ce n'est pas l'endroit le plus confortable pour lire, on a le cou tout tordu et les magazines deviennent collants avec la vapeur. Elle va quand même chercher la bougie, le temps de se décider. Elle aimerait bien ce dîner aux chandelles.

Mais d'abord elle va à la fenêtre, s'y appuie et regarde aussi loin que possible en direction de la berge. Ils ont laissé la poussette de travers sous les arbres dans une position inquiétante, Jon tient Pat calé sur sa hanche – on dira ce qu'on voudra en faveur du féminisme, les hommes ne sont pas faits pour porter des bébés – et Izzie est en train de ramasser quelque chose pour le montrer à son père. La respiration de Claire embue la vitre, qu'elle essuie avec sa manche. Ce doit être des galets. Jon change Pat de côté et fait le geste de quelqu'un qui veut faire un ricochet, et elle déduit à son haussement d'épaules et à la façon dont il se tourne vers Izzie que ça n'a pas marché ; que le galet a, en réalité, coulé à pic, et Izzie s'accroupit avec un sérieux qu'elle ne va pas tarder à perdre, le sérieux que seuls les tout-petits et les botanistes accordent au sol sous nos pieds, et lui en tend un autre. Bon, tout va bien, se dit Claire. Trouvons cette bougie, même si se lancer dans cette recherche est une chose qu'elle pourrait faire quand ils sont tous là, le genre d'activité qui pourrait parfois passer pour un jeu aux yeux d'Izzie. La Chasse à la bougie. Ce serait gâcher le temps que Jon lui a donné, de chercher un objet perdu, voire, dans ce cas précis, un objet qui n'était peut-être pas là au départ, le souvenir de l'avoir vu appartenant peut-être à un autre cottage de vacances parce que c'est le seul genre de vacances qu'ils se sont octroyé depuis la naissance d'Izzie, inutile que ses amies lui disent que bébés et hôtels n'allaient pas mener droit à la relaxation, la joie et le sexe débridé. Bon sang mais pourquoi est-ce qu'elle pense encore au sexe, il faut qu'elle en parle à Jon, ça revient, ça fait au moins la deuxième fois aujourd'hui, ce qui signifie sûrement que son cycle reproducteur se remet enfin en marche et elle n'a pas de tampons, mais si ses souvenirs sont exacts la période où l'on ressent du désir survient une dizaine de jours avant les saignements, comment un ovule peut-il mettre dix jours à parcourir cinq centimètres, ça l'a toujours dépassée, mais elle sait pour avoir porté des bébés qu'il n'y a apparemment pas de gravité là-dedans, ou du moins jusqu'à ce qu'on se lève et qu'on se rende compte que c'est le début de nos règles ou qu'on a perdu les eaux quand on était assise. Acheter des tampons, se dit-elle, pas d'urgence mais la prochaine fois qu'on fait les courses, demande à Jon de t'y faire penser. En tout cas ils ont plein de couches si elle doit improviser une serviette hygiénique, il doit bien y avoir des ciseaux dans cette maison. Chercher les ciseaux, pense-t-elle, mais elle n'en a pas besoin dans l'immédiat et ce n'est pas à ça que cette heure est censée servir, fabriquer tes propres serviettes hygiéniques. Qu'est-ce que Jon a dit d'autre, te vernir les ongles de pied ? Ça lui arrive, en été, avec Izzie elles choisissent lequel de leurs vingt orteils aura droit à telle couleur, mais il est très improbable qu'elle porte des sandales dans les jours qui viennent, déjà parce qu'elle n'en a pas apporté, et puis c'est encore une chose qui plairait aussi à Izzie, et de toute façon elle n'a pas pris de vernis non plus – à quoi bon, franchement –, alors elle vient de perdre deux minutes supplémentaires de son heure précieuse.

Mais, se dit-elle, mais, si jamais ils font l'amour plus tard, elle pourrait toujours se pomponner un peu. Elle glisse une main sous son pull – main glacée – pour vérifier l'état de ses aisselles, qu'elle n'a pas dû raser depuis plusieurs jours, et puis elle se rappelle ce poil sur son aréole, noir et dru, qui n'arrête pas de repousser. Elle s'en occupait religieusement quand elle allaitait, qui voudrait d'un truc pareil dans sa bouche en buvant son lait, mais ces derniers temps – elle va se poster devant le miroir de la salle de bains, soulève son pull et sort son sein gauche, qui pointe dans le froid. Pas si mal, songe-t-elle, finalement, étant donné que ce n'était pas très excitant au départ. Elle caresse son téton et la courbe inférieure de son sein, sent l'autre se réveiller aussi. Oui, pense-t-elle, oui, ils lui appartiennent de nouveau. Il faut qu'elle en parle à Jon. Mais le poil est là, et long à faire peur. Elle essaie de se servir de ses ongles en guise de pince à épiler même si ça ne marche presque jamais, réussit seulement à plier ses ongles qui sont plus mous qu'ils ne devraient, elle a besoin de protéines ou de calcium ou de vitamine B ou elle ne sait plus, elle n'aime pas trop les compléments alimentaires parce qu'ils ne servent qu'à excuser un régime mal équilibré, ce qui serait une posture sensée si elle se mettait à manger du kale ou des amandes ou des poissons gras – ces horribles poissons gras avec leurs arêtes et leur peau gluante et tout ce bazar qu'il faut jeter direct dans la poubelle extérieure et cette odeur qui reste sous les escaliers pendant des jours – mais qui est doucement autodestructrice quand on la couple avec un régime à base de thé, de tartines et de restes des assiettes des enfants. Acheter des compléments multivitaminés, se dit-elle, avec les tampons, soit ça, soit manger du kale, comme si elle ignorait que le choix permet précisément l'inaction : ce n'est pas qu'elle décide de ne pas s'attaquer au problème, mais seulement, à n'importe quel moment, elle penche en faveur d'une solution et n'est donc pas obligée d'agir sur la seconde. En attendant, elle a à tout prix besoin de la pince à épiler, qui, elle le sait, se trouve dans la trousse de premiers soins, parce qu'on peut en avoir besoin pour retirer les tiques, et seuls les gens insensés partent en vacances dans les collines écossaises sans un moyen de retirer les tiques. Mais elle est quasiment certaine que cette trousse est dans la voiture, et elle n'a pas envie que Jon et Izzie la voient fouiller dans la voiture, ils vont venir l'aider et elle devra expliquer qu'elle n'a pas exactement besoin de premiers soins mais seulement de – non, pense-t-elle, non, elle se trouvera un moment seule dans la salle de bains plus tard, avant que tout acte sexuel soit possible, et elle s'occupera du poil à ce moment-là. À moins qu'elle réussisse à le déloger avec ses ongles. Ou ses dents, est-ce qu'elle peut atteindre le dessus de son aréole avec ses dents ? Une fois, elle a essayé de téter son propre lait, quand ses seins étaient engorgés après la naissance d'Izzie, que c'était douloureux à en pleurer et que les feuilles de chou qu'elle avait glissées dans son soutien-gorge sur conseil de la sage-femme avaient eu pour seule conséquence la découverte de trois petites chenilles dans cet endroit improbable : ben quoi, a dit Jon, évidemment que j'ai acheté du chou bio, tu ne voulais quand même pas des pesticides sur tes tétons alors que tu allaites ? Elle y arrive presque. En tirant la langue, elle réussit à toucher le poil, qui est aussi rêche qu'elle le pensait.

Aïe, sa nuque.

D'accord, Jon ne lui a pas accordé cette heure pour qu'elle se lèche les poils de téton. Elle se masse le cou. Elle a une petite faim, elle croquerait bien un morceau de chocolat, tant qu'Izzie n'est pas là pour en réclamer, se ruiner l'appétit pour le soir et associer le sucre à une récompense. À moins qu'elle ait juste soif, elle a lu quelque part que souvent les gens mangent alors qu'ils ont simplement besoin d'un verre d'eau, mais bon elle peut boire toute l'eau qu'elle veut quand les enfants sont là, elle ne va pas gâcher son heure en buvant de l'eau. Oh, un thé, se dit-elle, une bonne tasse de thé bu quand il est encore assez brûlant pour ébouillanter un bébé, voilà ce qu'il lui faut. Et un biscuit pour l'accompagner, un de ces biscuits de luxe au chocolat achetés en guise de petit cadeau de vacances avec ces olives excellentes et les croissants, quoiqu'elle ne devrait pas les manger en égoïste, ils sont censés les partager, même Pat pourrait en avoir la moitié d'un à s'étaler sur la figure. Un thé, en tout cas, elle remplit la bouilloire, l'allume, et en attendant que ça boue, elle se remet à récurer derrière les robinets, puis retourne à la fenêtre. Ils sont toujours là, sur la plage, Pat debout, cramponné aux mains de Jon qui est forcé de se pencher d'une façon qui à elle lui fait mal quand elle doit le faire et à lui doit lui briser le dos, avec ses quinze bons centimètres de plus qu'elle, et Izzie barbote dans les vaguelettes avec l'eau qui arrive un peu trop haut au goût de Claire, il suffirait d'une vague un peu plus grosse que les autres, non que ça soit si important, les pieds mouillés, Jon a raison, les enfants peuvent prendre un bain en plein après-midi s'ils ont trop froid, et pourquoi pas un chocolat chaud, non qu'il y ait de quoi en faire, à moins que quelqu'un en ait laissé dans le placard, c'est en effet le genre de chose que les gens laissent dans les placards des cottages de vacances, mais là non, pas de chocolat, et cette poignée est vraiment poisseuse, comment se fait-il qu'elle ne l'ait pas remarqué avant ? Elle nettoie la poignée et tant qu'elle y est, spray et chiffon à la main, les autres poignées, et la porte du four, et la bouilloire s'est éteinte il y a un moment et elle n'est pas censée faire le ménage.

Claire prépare deux tasses de thé, dans les tasses les plus grandes qu'elle trouve mais qui restent si petites que ça l'exaspère, au motif écossais en plus, pas franchement ce qu'elle appelle une bonne tasse de thé. Elle les laisse sur le plan de travail le temps d'enfiler son imper à fleurs qui se roule dans un sac et les bottes à fleurs elles aussi mais pas les mêmes, qu'Izzie lui a choisies pour son dernier anniversaire, et elle sort, pose les tasses sur la marche où de l'eau tombe dedans pendant qu'elle ferme la porte à clé et porte le thé prudemment au-dessus du gravier, de l'herbe, des cailloux, en direction de la berge. Il n'y a personne d'autre dehors, et on comprend pourquoi, il n'y a qu'avec des enfants en bas âge que c'est plus drôle d'être dehors par ce temps qu'à l'intérieur avec un livre et une tasse de thé, mais si tous les voisins sont chez eux alors il y a des badauds à toutes les fenêtres. Voilà cette famille anglaise, disent-ils, est-ce que je t'ai dit qu'il était professeur à Édimbourg ? Eh oui, c'est plein d'Anglais en ce moment, ils ne supportent plus leur propre pays. Lui on le repère à un kilomètre, non, avec cette veste verte et tout. Elle a les pieds qui glissent dans ses bottes violettes à tulipes, il faudrait une paire de chaussettes supplémentaire, elle sent les galets à travers les semelles et la pluie sur son visage, qui trempe déjà ses cheveux. Encore trois jours à tenir et ils ne reviendront plus ici. Le loch, peut-être. Enfin, probablement, difficile de l'éviter si on va au nord de Glasgow et ils ont toute l'Écosse à explorer dans les années qui viennent, mais pas ici. Ils ont vu, c'est bon, pas la peine de revenir, et des bulles de soulagement s'élèvent dans sa tête. Bientôt à la maison, de retour à l'appartement avec son parquet massif, ses adorables moulures anciennes qui, certes, ont besoin d'un coup de pinceau, et la hauteur sous plafond. Elle est habituée à vivre avec tout cet espace au-dessus de sa tête maintenant, mais quand ils ont emménagé elle se sentait vulnérable, prise de vertiges, comme si quelque chose allait fondre sur elle pendant qu'elle jouait avec Izzie par terre ou qu'elle était allongée sur son lit, mais maintenant elle se sent à l'étroit quand ça ne respire pas au-dessus d'elle. Les galets lui font mal aux pieds à travers ses semelles. La pluie embue ses lunettes. Non, ils ne reviendront pas ici.

C'est Patrick qui la voit le premier, et son enthousiasme pousse Jon à tourner la tête et Izzie à lui faire coucou de façon si frénétique qu'elle manque perdre l'équilibre dans l'eau. Maman, dit-elle, maman, regarde, et Jon, tenant Patrick d'une main, prend son thé dans l'autre, l'embrasse sur la joue. Pat rue, se projette vers l'avant, entre ses parents, renverse le thé de son père. Ils ne l'aimeront pas toujours autant, se dit-elle en serrant son fils. Personne d'autre, pas même ses enfants quand ils auront grandi, ne sera aussi content de la voir les rejoindre qu'ils le sont aujourd'hui.

le poids de l'eau

La lumière est telle que ce matin. Ces journées de plein été s'écoulent trop lentement pour qu'on le voie, surtout avec ce voile de pluie et de brume qui enveloppe les bois et le rivage. Dans le chêne, un faucon pèlerin est posé, invisible. S'il ne chasse pas bientôt il mourra mais s'il s'envole maintenant le poids de l'eau l'entraînera vers le sol, où le crépuscule apportera son lot de dangers : renards, humains et toujours rien à manger. Un petit oiseau, un écureuil, ou même une souris octroierait au pèlerin quelques heures de vie supplémentaires, plus de temps pour que la pluie s'arrête.

fut un temps où il y avait

Elle ne la trouve pas.

Il y en a toujours une dans son sac à dessin, ballottée entre son bloc de papier et sa trousse métallique, plus, normalement, une autre dans la boîte, mais aujourd'hui, non. Elle devait bien en avoir une dans le café, elle ne peut pas avoir fait toute cette esquisse sans. Enfin probablement. Essayez de moins vous en servir, conseille Annie pendant le cours hebdomadaire, dessinez ce que vous voyez de la façon dont vous le voyez, ne soyez pas toujours en train de vous corriger et de douter de vous. C'est marrant comme on ne peut s'empêcher de prendre les leçons artistiques personnellement.

On pourrait croire que les gens, les plus de cinquante-cinq ans, peindraient avec leur inconscient, leur moi refoulé ou elle ne sait quoi. On pourrait croire, ou alors espérer, que les épouses tranquilles en pull pastel et maquillage beige éclabousseraient la toile de rouge écarlate et de pourpre, tireraient de grandes lignes noires, que celles en jupe longue et chaussures plates trahiraient leur passion pour l'ordre dans de minutieuses esquisses au crayon, et que peut-être les deux hommes – pantalon de toile sous leur panse de huit mois de grossesse – manifesteraient un penchant pour les danseuses déchaînées et les ciels d'orage. Il arrive que les gens trahissent la sauvagerie qu'ils portent en eux. Plus elle vieillit, plus elle pense que tout le monde est comme ça, parce qu'il s'avère qu'être une petite vieille dame ne vous empêche pas d'avoir envie de donner des coups de parapluie sur les ailes des voitures garées sauvagement sur le trottoir et d'attraper les téléphones de ceux qui parlent dedans trop fort dans le bus pour les piétiner. Tout récemment au supermarché, Mary faisait la queue derrière une femme enceinte, elle lui a demandé pour quand c'était prévu en touchant à peine son ventre, si rond et tendu, et la femme lui a dit où aller en des termes qu'elle ne veut pas répéter, puis s'est mise à pleurer, là, à côté des barres de céréales, et, bien que choquée et contrariée, Mary a également éprouvé une pointe d'admiration. C'est étrangement assez réjouissant, quand ce sont les gens les plus improbables qui partent doucement en vrille, Sheila Hepton au bout de la rue, mère de trois garçons qui gardait sa maison si soignée qu'on n'osait pas s'asseoir de peur d'écraser un coussin, jamais aperçue sans rouge à lèvres et fond de teint en trente ans de voisinage, se tapait en fait le patron d'Alan depuis des années, en faisait de belles, dont Mary n'avait jamais entendu parler jusqu'à ce que Jeannie, sa voisine d'à côté, la mette au courant. Certes, il n'y a aucune raison pour qu'un maquillage et une maison impeccables soient synonymes de moralité irréprochable, après tout nous voyons tous au-delà du mascara et des serviettes bien pliées, mais quand même. Non que Mary approuve, non qu'elle considère réellement ce genre de comportement admirable, mieux vaut encore balancer de la peinture sur une toile ou se mettre au recyclage ou même tout vendre et acheter une ferme en ruine dans les collines et passer dix ans à refaire l'électricité les murs et la plomberie comme les McVey, plutôt que détruire son mariage pour un homme qui n'est pas plus beau ni plus intéressant que votre mari, et honnêtement, de l'avis de Mary, au bout de quelques années personne ne sera plus beau ni plus intéressant que votre mari ; si on met de côté les violents et les dérangés, se marier c'est comme voter, dans le sens où quoi qu'on choisisse, le résultat sera passablement insatisfaisant quatre ans plus tard. Bref, il s'avère que la plupart des gens n'expriment pas leur nature secrète sur le papier mais dessinent exactement ce à quoi vous vous attendez rien qu'en les regardant, on peut voir quelqu'un dans le bus et projeter une hypothèse parfaitement juste quant à ses tendances artistiques, raison pour laquelle elle a besoin de cette chose. Comment ça s'appelle déjà. Elle aime faire les choses comme il faut. Elle ne veut pas improviser autour d'erreurs, elle veut que ce soit bien réalisé avant tout. Et elle l'avait posée là, elle en est persuadée, mais elle n'y est plus, et elle ne perd jamais rien, jamais jamais, et elle ne peut pas s'être évaporée, ce n'est pas comme s'il y avait des enfants ou même un chat qui chiperaient les objets.

Elle sait qu'elle n'est pas dans son sac à main, il n'y a aucune raison qu'elle y soit et elle a déjà vérifié deux fois, mais elle se dit qu'elle est à présent dans la phase rituelle de la quête d'un objet. En prenant appui sur sa chaise en passant, elle apporte son sac à main à la table. Plus jeune, elle l'aurait renversé tête en bas, aurait tout laissé tomber en cascade sur la nappe. Peut-être aurait-elle peint différemment aussi, mais elle ne saura jamais ce qu'elle aurait pu faire si elle n'avait été femme de médecin et mère de Melissa et Marcus. Elle tire une chaise et s'assoit, et David, qui lit un livre sur l'avenir du pays dans son fauteuil, lève les yeux et lui demande ce qu'elle fabrique. Mêle-toi donc de tes affaires, a-t-elle envie de dire, mais elle fait, oh, je fais un peu de tri dans mon sac, il commence à être lourd. Elle cherche la chose. Et le mot qui désigne la chose. Ça ne servirait qu'à l'inquiéter, ou alors il voudrait l'emmener chez le médecin, et ils ne peuvent pas faire grand-chose, n'est-ce pas, à propos de – eh bien, à propos de ce genre de chose. Si c'est de ça qu'il s'agit.

Il bougonne et regarde par la fenêtre. Elle pense que son livre ne l'intéresse pas tant que ça, encore un de ces pavés de cinq cents pages pondu par un Anglais – comment dit-on déjà – prosaïque, non, propension, non plus, l'autre, fortuné, aisé, ha, *prospère*, un Anglais prospère et ridiculement prosaïque, sur le fait que le monde se meurt parce que personne ne fait ce que l'écrivain pense que les gens devraient faire, apprendre des mots qui n'ont plus cours pour désigner les insectes, récurer le sol à quatre pattes avec des brosses, exposer les bébés aux germes, de façon générale des choses dont l'écrivain se figure qu'elles étaient accomplies par les pauvres gens et les femmes avant sa naissance. Elle ne sait pas pourquoi David continue à les acheter. Ça fait tourner les mécanismes de mon vieux cerveau, dit-il, comme si le sien à elle ne marchait pas, comme si toutes ces balades sous la pluie et la lecture de tous ces livres ennuyeux allaient l'empêcher de vieillir et de mourir comme tout le monde.

Quoi qu'il en soit, elle ne peut pas rester assise là toute la journée. Que fait son sac sur la table, elle n'aime pas que les sacs soient posés sur les tables, pas après avoir traîné par terre dans un café, un ferry, et même les toilettes publiques, on ne met pas ses chaussures sur la table du dîner, n'est-ce pas ? Elle se lève lentement et prend appui sur la table tandis que le chalet tangue autour d'elle. Le sol ne bouge pas de façon spectaculaire ces derniers temps. Il n'y a pas de tremblements de terre ni de bombes, seulement une instabilité, comme si toutes les surfaces, en équilibre précaire, pouvaient facilement basculer. Les enfants avaient des jouets comme ça, les Bidibules, ça s'appelait, des bonshommes en forme d'œuf d'environ sept centimètres de haut, on pouvait les incliner totalement à l'horizontale et quand on les lâchait ils se redressaient d'un coup en se balançant d'un côté sur l'autre et finissaient par s'immobiliser, bien droits. Un peu comme ce truc qui pend aux grosses horloges, le balancier.

Elle porte le sac jusqu'au fauteuil et plie ses genoux pour le poser par terre, c'est un des endroits où elle pensera à le chercher la prochaine fois qu'elle en aura besoin. Elle a du mal à se relever, même en se tenant au dossier. Les objets ne sont pas exactement à l'endroit où elle pense les trouver ces temps-ci, comme si tout échappait à son champ de vision, comme si ses mains et ses pieds devaient deviner. Dehors, au bord de l'eau, elle voit qu'il y a cette gentille famille qui séjourne au numéro cinq, le bébé et la petite fille ayant le même écart que Marcus et Melissa. David et elle n'avaient pas encore acheté le chalet à l'époque, pas avant que le père de David meure quand Marcus avait quatre ans – à vrai dire, les chalets n'étaient même pas encore construits, le village vacances n'était qu'une zone boisée comme partout ici bien que le pub soit vieux, son propre père se rappelait y être allé à pied à l'époque où la route était une simple piste et où les livraisons arrivaient par bateau. Est-ce qu'ils partaient en vacances, quand les enfants étaient si petits ? Elle ne pense pas, seulement des visites à la famille, principalement chez ses parents parce qu'ils pouvaient voir ceux de David tous les dimanches de toute façon, et David ne les accompagnait pas toujours. Il travaillait si dur. Elle emmenait les enfants en train, ça lui revient maintenant, et les landaus étaient énormes à l'époque, pratiques pour faire les courses et commodes sous la pluie mais on ne pouvait pas les plier à tout bout de champ pour les caser dans une voiture ni voyager avec dans les trains ou les bus aussi facilement qu'aujourd'hui, elle prenait Marcus dans ses bras et Melissa trottinait à côté d'elle et est-ce qu'il y avait encore des porteurs, pour les bagages ? David, dit-elle, est-ce qu'il y avait encore des porteurs, tu te rappelles, dans les gares, quand les enfants étaient petits, ou est-ce que les gens aidaient en cas de besoin ? Quoi, dit-il en abaissant son livre. Des porteurs, répète-t-elle, à partir de quand on n'a plus vu de porteurs à bord des trains ? Je n'en ai aucune idée, dit-il.

Dehors au bord de l'eau, le jeune homme, le père, tient deux tasses, il sourit, il parle à sa femme et le bébé a mis ses bras autour d'elle et posé la tête sur son épaule. Elle se souvient de ce poids, de la dureté du crâne qui dodeline, de l'odeur des cheveux de bébé. Il n'y aura pas de petits-enfants, se dit-elle, ce qui est absurde, les âges auxquels les gens ont des enfants maintenant, il y a encore du temps, même pour Melissa, même si ses bébés finiront sûrement en – dans cet endroit. Une des filles de la reine Victoria, et pas la Nouvelle-Zélande mais l'autre. Et Marcus, il a quoi, bientôt quarante-cinq ans, ce qui serait possible s'il était marié, ou en concubinage, mais si on attend deux ans après s'être mis en couple, et si elle n'est pas beaucoup plus jeune que lui, eh bien, le temps file. Ils ont dit à Mary qu'elle était une "vieille primipare" à l'époque, attendant que David soit diplômé et s'installe dans son cabinet, mais selon les normes actuelles – Melissa a un petit ami, elle, ils l'ont vu sur l'ordinateur, un homme qui porte la barbe et un de ces prénoms du Nouveau Monde qui sont en fait des noms de famille, ou très souvent un nom de ville. Warwick, c'est ça. Imaginez un peu regarder votre bébé et vous dire, appelons-le Warwick. Savent-ils seulement comment ça se prononce ? War-wick. Warwick et son grand incendie, ils ont des cierges quelque part dans ce chalet, en cas de coupure d'électricité, ils doivent avoir des bougies aussi, uniquement des cierges ce serait absurde. De l'étain, avec des anses de tasse. Elle aimerait bien savoir comment s'appellent les enfants sur la plage, espère qu'ils ont de vrais prénoms, qui ont parfaitement convenu à tout le monde pendant des siècles, des noms de saints et de l'Ancien Testament, romains et grecs, d'ancêtres. Melissa, elle s'appellerait sûrement Honey de nos jours. Ils font ça mieux en France, avec cette liste de noms acceptables aux yeux de l'État, ça empêche les gens qui n'y connaissent rien de sombrer dans le ridicule, mais bien sûr on peut faire confiance à ces satanés Français pour qu'il y ait des problèmes au sujet de Mohammed. En tout cas, il n'y aura pas de bébés français qui s'appelleront Chardonnay. Honey serait Miel en français, non, comme les aspirateurs ? Quelque chose comme ça. Elle se souvient de Melissa avec deux tresses et une dent de devant en moins, *Je m'appelle Melissa, j'ai huit ans, j'habite à Bearsden avec mon père, ma mère et mon frère**. Voilà, des choses qu'on n'oublie pas. Interroge-moi encore, maman, j'ai eu dix sur dix la dernière fois. Les choses qu'on apprend à dire en premier : me voici. Je me présente. Je m'appelle Mary, j'ai – enfin, l'âge n'a pas d'importance, si ? J'ai tant. Je ne suis pas encore morte. *Je suis, tu es, il est. Nous sommes, vous êtes, ils sont**. Alors ? Elle se rappelle même les accents. *Circonflexe**. Elle s'en sort aussi en poésie, *Somnolentes, somnolentes, / Somnolentes s'étendent / Les eaux calmes de Summerwater / Sous le ciel serein.* Elle-même en socquettes blanches et dans une robe faite par sa mère, un liberty authentique au motif de baies rouges, elle avance sur scène et repère ses parents au milieu du premier rang, tout sourire, papa qui articule en rythme avec elle, maman avec son chapeau. Non, c'est *Semmerwater*, pas *Summerwater*, elle a mis un temps fou à le retenir, papa l'écoutant réciter tous les soirs en rentrant du travail, et voilà qu'elle se trompe encore soixante ans plus tard. Ou soixante-cinq. *Il y avait autrefois près de Semmerwater / Une ville grande et haute ; / Tour du roi et pour la reine une tonnelle, / Sur le mur une sentinelle.* Et après ? *Vint un mendiant, boiteux, mal en point, / "Je me*

* Les termes ou phrases en italique suivis d'un astérisque sont en français dans le texte.

meurs de faim". / Mais roi et reine le chassèrent sans lui donner de pain. Là, tous les mots y sont, elle y arrive encore. Puis le berger nourrit le mendiant. *Ils partagèrent leur galette, ils partagèrent leur bière.* Ensuite ? Le rythme devient bancal, elle s'en souvient, les vers s'étirent. Il est question de *miroitement d'écailles*, de *nageoire, algues et joncs dans l'obscurité. Et une ville perdue dans le lac de Summerwater* – Semmerwater – *somnolant jusqu'à la fin des temps.* Quel choix étrange, vraiment, pour un enfant, mais les gens se souciaient moins de ça à cette époque. Elle se rappelle également les cantiques, n'est-ce pas, presque tout l'hymnaire, elle serait prête à parier, les deuxième et troisième couplets y compris. *Qu'ils sont hauts, les murs de Sion, / Comme y résonne la liesse.* Qui dit encore *liesse* ? Un de ces mots typiques des cantiques. Et les chants de Noël, le professeur de musique n'aimait pas qu'ils aient une feuille sous le nez alors ils apprenaient tout par cœur, tous les couplets, même si on ne faisait pas partie de la chorale on était obligé. *Et nos yeux enfin le reconnaîtront, / À travers son amour rédempteur. / Car cet enfant, si cher et si doux, / Est Notre Seigneur qui est aux Cieux.* Le sol penche et elle pose une main sur le rideau en chantant tout bas, *Et il guide ses enfants / Vers l'endroit où il se rend.* Bougies vacillantes, pierre froide sous les pieds, une odeur de pin dans l'air.

La mère s'est perchée sur un rocher, avec le bébé sur les genoux et ce qui doit être sa tasse en équilibre à côté d'elle, ce qui n'est pas une très bonne idée puisque les tasses appartiennent au cottage et qu'ils devront payer ce qui est cassé. Le père montre à la petite fille comment faire des ricochets, bien qu'il n'y arrive pas très bien. On était comme eux, songe Mary, exactement comme eux, bien qu'elle ne soit pas certaine de pouvoir se rappeler une seule fois où David ait eu le temps de jouer dehors avec le bébé et la petite. Ça a dû arriver. C'est peut-être arrivé tellement de fois que ça n'a rien de mémorable. Plus tard, très certainement, une fois son cabinet de médecine générale installé, il avait des jours de congé, il sortait alors en randonnée, par tous les temps, tout seul. Elle comprenait, il travaillait toute la semaine, était de garde la moitié du week-end, pourquoi ne pourrait-il pas avoir du temps pour lui, ce n'était pas toutes les semaines, mais une fois les enfants assez grands pour aller à l'école, elle aurait pu l'accompagner s'il avait bien voulu rentrer à la maison en milieu d'après-midi. Ça lui aurait plu, quelques heures dans les Campsies entre la vaisselle du petit-déjeuner et la sortie de l'école. Le père prend la main de la fillette, lui montre comment prendre son élan et faire ricocher son galet sur les vagues.

Pourquoi est-elle venue ici, déjà ? Quelle heure est-il ? La lumière ne change jamais, ces jours mornes d'été, heure après heure le même gris blafard qui filtre à travers les arbres, le ciel au petit-déjeuner identique à celui du coucher. Il pleut toujours. Bientôt cinq heures. Si elle se lance dans quelque chose de compliqué pour le dîner, ça pourrait être l'heure de se mettre à cuisiner, ou du moins de sortir ce dont elle a besoin. Elle a fait un plan quand ils sont allés faire les courses, écrit une liste de repas et d'ingrédients. Il y a du poisson, non, dans le freezer ? Et des pommes de terre, des pommes de terre nouvelles en été, et on a bien le droit de remanger du beurre après toutes ces années où on craignait de mourir rien qu'en regardant l'emballage. Il y a de la menthe en pot sur la terrasse et elle se rappelle avoir acheté des courgettes. Elle pourrait gratter les pommes de terre maintenant, cueillir un peu de menthe, et, qui sait, dire bonjour à cette gentille famille si jamais ils rentrent quand elle sera dehors, découvrir leurs prénoms, et d'autres choses.

Mary déverrouille la porte vitrée, mais la clé ne fonctionne pas. David la regarde par-dessus son livre. C'est déjà ouvert, dit-il, pourquoi est-ce que tu veux sortir ?

Elle ne sait pas. Elle ne sait pas pourquoi elle ouvre la porte, vu le temps qu'il fait. Où va-t-elle ? Tout tourne autour d'elle.

Une respiration profonde.

Pour cueillir des feuilles, dit-elle, pour les pommes de terre. Elle essaie de tirer la porte mais ça ne marche pas, puis quand elle tourne la poignée dans l'autre sens et pousse, la porte coulisse et l'après-midi s'invite à l'intérieur, frais et humide.

David pose son livre sur ses genoux. Des feuilles, dit-il.

Elle rit. Oh, tu sais bien, dit-elle, pour les pommes de terre, tu les aimes comme ça. Avec du beurre et un peu de machin-truc.

Menthe, dit-il. Beurre et menthe. Ça fait des années qu'on n'a plus d'herbes dehors, Mary. Tu ne te rappelles pas, même quand on mettait les pots tout contre la fenêtre, les lapins venaient tout chiper ?

Maintenant qu'il en parle, oui, elle s'en souvient bien. Elle faisait des guirlandes de houx et d'aubépine qui n'avaient apparemment aucun effet répulsif. Des écureuils, plutôt, dit-elle, je doute que les lapins aient pu monter sur la table. Bon, tant pis, pas de menthe.

Eh non, dit-il, pas de menthe.

Son regard est toujours posé sur elle.

Elle ne le lui retourne pas.

où sont entreposés les corps

À l'abri du grand pin il y a une fourmilière, et dans cette fourmilière se trouve une ville. À l'intérieur de la ville il y a beaucoup de cavités : crèches, garde-manger, salle du trône et une crypte où sont entreposés les corps, et dans ces cavités travaillent des fourmis, deux cent mille d'entre elles, ainsi que la reine ailée.

La ville est orientée plein sud pour la chaleur, son toit incliné à la façon d'un panneau solaire pour intercepter les rayons du soleil au bon angle. La température chute et une équipe transporte les nouvelles progénitures dans une cavité plus chaude. Leur ville est intelligemment construite et elles sont à l'abri du mauvais temps, la colonie étant recouverte de chaume comme le toit d'un palais japonais pour guider la pluie d'un panneau à l'autre jusqu'au sol, où elle regagne le loch.

Elles ferment les entrées et attendent.

ce que c'est d'être

Ne prends pas ça, dit maman, tu vas tout rayer, c'est un revêtement antiadhésif. Becky lâche le tampon à récurer dans la cuvette de la vaisselle, pleine d'eau lavasse dans laquelle flottent des morceaux de pomme de terre et des pois écrasés. Comment tu veux que je la nettoie, alors, dit-elle. Avec de l'huile de coude, répond maman, comme toujours, et pousse-toi, je veux mettre la bouilloire en route.

Becky récure la plaque du four, dont le revêtement se décolle depuis des années, à la brosse. Il y a des morceaux d'oignon d'hier coincés entre les brins et ce n'est pas elle qui va les enlever de là. Je voudrais être morte, entend-elle dans sa tête, je voudrais être morte. Elle a déjà nettoyé le "couteau coupant" qui ne coupe pas du tout, glisse sur les tomates et inflige des blessures d'arme contondante au fromage, et bref c'est aussi difficile de se tuer avec un couteau que c'est facile de tuer quelqu'un d'autre, apparemment. Ils ont eu un cours de prévention à l'école, dirigé par ce mec hyper canon avec ses dreadlocks, qui avait fait de la prison et voulait qu'aucun d'entre eux ne connaisse cette vie, et Preti et sa bande assis au fond avaient ricané.

Je voudrais être morte.

En Amérique, elle le sait, la police peut vous tirer dessus juste parce que vous faites des trucs bizarres avec vos mains dans vos poches, ce qui est pas de bol si vous avez l'air louche et les mains gelées mais doit être bien pratique si vous avez des tendances suicidaires. Il est impossible qu'elle réussisse à enlever le poisson cramé avec cette brosse, c'est totalement inutile ce que sa mère la force à faire. Je te conseille de t'activer, dit maman, tu vas y passer la nuit à ce rythme, ce n'est pas la peine d'en faire tout un drame tu sais. L'eau bout et maman tend le bras devant Becky – de trop près, cheveux pas lavés et cet atroce déodorant de hippie – pour attraper sa boîte de sachets d'infusions. Elle en choisit une différente chaque soir, comme si ce n'étaient pas toutes les mêmes, comme si des feuilles mortes dans de l'eau chaude constituaient une raison de se réjouir. Maman ouvre la boîte et reste là à en renifler le contenu. C'est son petit cadeau de vacances, cet assortiment d'infusions, à la maison elle se contente d'acheter de la camomille au supermarché, qui sent le foin mouillé, en vrac parce que les sachets c'est mauvais pour l'environnement, ce qui signifie que le petit plaisir de maman est de détruire la planète dont Becky va hériter. Hmm, fait-elle, je vais garder la dernière à la cannelle, j'imagine que je devrais prendre la citron-gingembre, il faudra bien que je la boive un jour, mais peut-être menthe-fenouil pour ce soir. Becky pourrait anéantir tout le système de punitions et récompenses de sa mère rien qu'en se préparant une tasse de pomme-fleur de sureau un matin. Achète-toi une bouteille de vin, pense-t-elle, ou de vodka. Va au pub et bourre-toi la gueule au Baileys. Bouffe un plein bac de crème glacée mais arrête de t'exciter pour des putains de tisanes, merde alors. Pousse-toi, dit-elle, je croyais que tu voulais que je finisse la vaisselle. Pas la peine de me parler sur ce ton, dit maman en ouvrant la petite enveloppe de papier comme si elle pouvait contenir un ticket d'or, embrassant presque son sachet de tisane dégueulasse. Quel ton, marmonne Becky, et comme sa mère ne répond pas, comment voulez-vous qu'elle sache quel ton employer.

Je voudrais être morte.

Elle ne va pas réussir à décoller le poisson cramé de cette plaque sans enlever aussi le revêtement anti-adhésif et puis qu'est-ce que ça peut faire une fois que le four chauffe à 200 °C, ça doit bien suffire à stériliser tout ce qui a résisté au lavage. Elle continue à faire barboter la brosse dans l'eau jusqu'à ce que maman s'installe dans son fauteuil – si elle atteint cet âge, Becky se suicidera le premier jour où elle grognera en s'asseyant – puis elle vide l'eau crasseuse de la cuvette, rince la plaque sous le robinet, regarde la pellicule arc-en-ciel huileuse miroiter et s'écouler, et pose la plaque en équilibre sur la pile de plats plus ou moins propres qui s'égouttent au bord de l'évier. Elle se dit qu'elle va retourner voir le soldat, parce que même traîner avec un mec bizarre dans une tente humide vaut mieux que rester ici. Être morte serait mieux que rester ici. Et puis il n'est pas si bizarre que ça, Gavin, il a grandi à Lennoxtown, il a suivi la formation de l'Academy, ce qui est plutôt normal, c'est juste qu'après il a rejoint l'armée et s'est retrouvé à faire la guerre d'Irak, bien qu'il refuse de lui dire à propos de quoi ils se battaient. Le pétrole, il dit. L'argent. Les hommes politiques de Londres, des menteurs. Il ne vaut mieux pas que tu saches. Il arrête de la regarder quand elle l'interroge sur l'Irak mais elle a quand même essayé, c'était comment, alors, là-bas ? Vous avez tué quelqu'un, elle avait envie de savoir, parce qu'imaginez un peu, vous retrouver à l'étroit dans une tente avec un homme qui a tué quelqu'un, et si on envoie les soldats quelque part c'est bien pour ça, non, mais elle n'a pas eu le culot. Je ne parle pas de ce genre de chose, il a répondu, allez il est temps que tu rentres chez toi, petite. La fois suivante, elle lui a apporté un paquet de gâteaux piqué dans le placard du chalet, ils ont parlé de la météo, de l'étrangeté de ce village vacances, avec les gens qui s'épient entre eux, l'absence de choses à faire, le fait que c'est censé être plus divertissant que de rester chez soi. Il bavardait beaucoup plus volontiers à propos de sa vie à elle que de la sienne, il a même croisé son regard une fois ou deux. Ne la pose pas là, dit maman, tu vois bien que tout va tomber, un peu de bon sens. Il y a des choses qu'il faut sécher et ranger, tu ne peux pas toujours tout planter pour aller vagabonder. Je ne vais pas vagabonder, dit Becky, j'ai juste posé la plaque du four. Eh bien maintenant tu peux la reprendre, dit papa, la sécher et la ranger comme maman te le demande. Elle a envie de crier. De balancer cette putain de plaque contre le mur. J'ai fait la vaisselle, dit-elle, Alex peut l'essuyer et la ranger. Mais c'est pas possible, dit maman, Rob, je te laisse t'en occuper, et papa se lève. Rebecca, est-ce que pour une fois tu veux bien faire ce qu'on te demande, est-ce que pour une fois on peut avoir une heure de tranquillité avant d'aller se coucher sans que tu te plaignes et que tu chipotes. Ta mère a fait la cuisine pour toi, tu es trop grande pour ce genre d'attitude, on dirait une gamine pourrie gâtée, tu ne peux pas attendre qu'on se plie à tes quatre volontés, maintenant tu prends ce torchon, tu essuies la vaisselle et tu la ranges, sinon tu vas avoir des ennuis, est-ce que c'est bien compris ? Non, pense-t-elle, en fait je ne comprends pas, je ne comprends pas un mot, tout ce bazar pour des infusions et de la vaisselle, ce n'est pas normal, des parents normaux seraient juste heureux que je ne prenne pas de drogue et que je ne découche pas. Des parents normaux seraient reconnaissants qu'elle soit ici avec eux dans ce stupide chalet dans le trou du cul de l'Écosse, aucune de ses copines ne doit subir ce genre de calvaire. Des ennuis de quel genre, demande-t-elle, et papa se tourne vers maman, soupire et se rassoit. Du genre qui ne va pas te plaire, dit-il, comme être privée d'argent de poche, de sortie, et si tu me pousses à bout, privée aussi de téléphone. Becks, finis ce que tu as commencé, un point c'est tout.

Il n'y a nulle part où aller, dit-elle, qui a envie de sortir, et au cas où tu n'aurais pas remarqué les téléphones sont quasi inutiles par ici, je n'ai même pas envie de prendre de photos, franchement, qui voudrait des souvenirs de cet endroit, je ne peux quand même pas poster des photos d'arbres sous la pluie, encore de la pluie, encore des arbres, encore de la pluie, encore des arbres, hashtag vacances d'été, hashtag rigolade en famille.

Arrête, dit papa, ça suffit. J'ai bien des pouvoirs mais même pour tes beaux yeux je ne peux pas contrôler la météo. Promis, princesse, quand je pourrai faire briller le soleil, je ne m'en priverai pas. Maintenant Becks, essuie la vaisselle s'il te plaît.

Becky prend le torchon humide avec une carte du loch imprimée dessus et essuie la plaque. C'est clair qu'elle va aller rendre visite à Gavin, en supposant qu'il soit là, mais où pourrait-il être par une journée pareille, bien qu'il sorte malgré la pluie. En même temps, ce n'est pas étonnant, on ne peut pas rester allongé sous une tente à longueur de journée. Il cueille des baies, il a ces espèces de gros bocaux un peu crades avec l'étiquette qui se décolle, qui viennent sans doute du pub, pickles Branston et mayonnaise, pleins de myrtilles et de baies de sorbier qui n'ont même pas l'air comestibles, mais il doit bien se dégoter de l'argent quelque part parce qu'il y a aussi des emballages de bonbons et des conserves de ragoût, de la marque bas de gamme du supermarché au pied du lac. Si maman et papa n'étaient pas toujours dans les parages elle pourrait lui faire des sandwichs.

Une matière noire à laquelle elle n'avait pas fait attention s'étale sur le torchon, mais il avait besoin d'être lavé de toute façon. Papa a déjà confisqué son téléphone quand ils l'ont espionnée et se sont rendu compte qu'elle postait des trucs pendant les cours, ce qui était la faute de l'école d'une part parce que les cours sont rasoir et d'autre part parce que si les profs ne remarquent pas que la moitié des élèves sont sur leur téléphone alors ils ne doivent pas être très concentrés eux non plus, or ce sont eux qui se font payer. Alors elle a pris le téléphone de son père dans une poche de sa veste et l'a retenu en otage en attendant de récupérer le sien mais son père est allé dans sa chambre quand elle était sortie et il a trouvé son téléphone mais aussi des choses privées et elle était tellement en colère qu'elle s'est tapé la tête contre le mur devant lui et il lui a crié qu'elle était folle et hystérique et ils ne se sont pas parlé pendant plusieurs jours jusqu'à ce qu'elle trouve son téléphone sur son lit un après-midi en rentrant de cours, avec un mot débile gnangnan au possible.

Maman renifle sa tisane, l'aspire bruyamment, soupire. Elle ne peut quand même pas être fatiguée, ils n'ont rien foutu de toute la semaine. Quoique, Becky se trouve fatiguée, elle aimerait se glisser sous la couette et y rester des jours, jusqu'à la fin de ces prétendues vacances, jusqu'à ce que la saison change dans sa tête et qu'elle ait envie de se lever, bien que ça puisse ne jamais arriver. Une fois elle a regardé avec son père un de ces documentaires animaliers débiles qu'il aime tant, elle ne se rappelle pas pourquoi, elle devait s'ennuyer à mourir, et il y avait ce mulot de l'Arctique qui dort neuf mois de l'année, période pendant laquelle il est quasi mort, avec le cœur qui bat genre quatre fois par minute, juste assez pour empêcher le sang de coaguler dans ses veines, mais tous les trois ou quatre jours il doit se réveiller suffisamment pour frissonner pendant environ une demi-heure histoire de ne pas mourir complètement, et si elle pouvait faire pareil, pense-t-elle, si elle pouvait être dans cet état de non-mort jusqu'à l'âge adulte, alors peut-être qu'elle tiendrait le coup. Mais alors elle se réveillerait à dix-huit ans sans son bac, et si ses profs ont raison il vaudrait mieux qu'elle soit morte de toute façon.

Elle pousse la plaque dans le four, la fait cogner contre le fond et profite que sa mère sursaute pour claquer la porte. Voilà, dit-elle, c'est fait, je peux disposer maintenant ou est-ce que vous souhaitez que je récure le sol peut-être ? Eh bien, dit papa, puisque tu le proposes, vas-y, ne te gêne pas, mais maman dit, Rob, ne la cherche pas, oui, Becks, tu peux rejoindre Alex au pub, on peut te donner un peu d'argent si tu veux boire un soda. Prends ton téléphone, donne des nouvelles à tes copines. Rejoindre *Alex* au *pub*, non mais vous vous foutez de moi, en plus il pleut encore à verse et elle ne pourra pas traîner en terrasse pour profiter du wifi et puis elle n'a pas plus envie que ça d'être sur son téléphone, ce n'est pas comme si elle avait quoi que ce soit à dire. Il pleut toujours. On se fait chier. Je partage toujours une chambre avec mon frère, berk. Becky n'a pas vu Jamila depuis des mois ; ses parents ont enfin réussi à déménager en Inde, à "retourner en Inde" comme ils disent, où il y a selon eux plus d'opportunités pour les enfants de nos jours, mais ce n'est pas un "retour" pour Jamila, et elle ne veut pas de ces meilleures opportunités, elle veut juste être avec ses copines. Enfin bref, elle voit du pays, hein ? Mieux vaut se plaindre de la canicule et de ses tantes fouineuses que de la pluie et des tisanes hippies débiles de sa mère. La mère de Tanya la paie (pas assez) pour s'occuper de ses petits frères, Megan est chez elle et c'est elle qui s'éclate le plus parce que ses parents bossent toute la journée et sa sœur a quitté la maison l'année dernière et donc elle peut faire absolument tout ce qu'elle veut, c'est-à-dire dormir jusqu'à midi, poster des vidéos d'elle en train de préparer ses propres masques pour le visage à partir d'ingrédients bizarres qu'elle achète au magasin bio.

Je ne vois toujours pas pourquoi on ne peut pas avoir le wifi ici, dit Becky, en s'appuyant contre le plan de travail, qui s'enfonce dans sa hanche et lui fait mal, comme ça on ne serait pas toujours obligés d'aller au pub, vous savez qu'Alex va tenter de se payer une bière un de ces quatre, ce que vous faites dans un sens c'est nous pousser à boire, je parie qu'on peut se procurer de la beuh dans ce pub, enfin si on sait à qui s'adresser et vous nous dites tout le temps que ce n'est pas le même genre d'herbe qui circulait à votre époque, et si jamais il a des hallucinations, qu'il devient parano et bipolaire, vous ne regretterez pas de ne pas simplement avoir payé pour avoir l'ADSL ? Je refuse de me retaper la conversation sur le wifi, dit maman, tu peux venir dans le salon t'asseoir avec nous si tu arrêtes de te plaindre pendant une demi-heure ou tu peux aller dans ta chambre ou encore au pub. Ce sont tes trois options. Tu te fourres le doigt dans l'œil, pense Becky, tu n'as pas idée des options que j'ai, et je te déteste, je n'ai jamais demandé à venir au monde, tu n'as aucune idée de ce que c'est d'être une ado aujourd'hui vu qu'il n'y avait même pas Facebook quand tu étais jeune, mais elle a déjà dit tout ça dans ces termes la semaine dernière et ses parents ont crié "bingo" en riant, et même s'ils ont prouvé qu'elle avait raison Becky s'est mise à pleurer après quoi maman était désolée et a voulu la prendre dans ses bras alors que c'était elle qui l'avait fait pleurer. Très bien, dit-elle, et soutire un claquement sonore à sa porte de chambre malgré l'épaisse moquette.

Becky se laisse tomber face contre son matelas, mais dans une minute, se dit-elle, quand elle aura fini, elle va sortir rejoindre Gavin. Soirée de dingue ou pas ? Le matelas est plus dur que chez elle et ça lui fait mal aux seins, qui sont sensibles aujourd'hui.

Elle appuie son visage dans l'oreiller et se demande comment les gens peuvent bien mourir avec un oreiller sur la tête – c'est pas hermétique, un oreiller, elle respire désespérément bien alors pourquoi les autres ne le peuvent pas ? Comme tout le reste dans ce chalet, l'oreiller sent le plastique et la moisissure, tout le bâtiment, toute la coquille de leurs prétendues vacances, de mauvais goût et provisoire. De la pacotille, se dit-elle, et elle se demande s'il ne faut pas deux *c* ? Plus d'une fois, papa a dit que tout brûlerait comme du papier en cas d'incendie, ça ne passerait pas les normes en vigueur aujourd'hui, et à vrai dire elle y a pensé, pensé qu'avec une seule allumette, prise dans la boîte de la cuisine, elle pourrait mettre un terme à tout ça. Elle foutrait le feu aux rideaux, qui viennent de chez mémé quand elle a déménagé et sont si vieux qu'ils ont des trous dont maman dit qu'ils ne se voient pas mais c'est faux, et ils sont assurément antérieurs aux tissus ignifuges, et tout serait terminé en cinq minutes. Les flammes ramperaient et grignoteraient les fleurs bleues, la fumée tacherait le plafond maculé par l'humidité. Le chauffe-eau est tout contre le mur et il y a une bonbonne de gaz reliée à l'extérieur, plus une de secours dans la remise contre le mur de la chambre qu'elle partage avec Alex.

Elle commence à avoir chaud au visage. Elle roule sur le dos. Ici aussi il y a des auréoles d'humidité au plafond, qui viennent du mur extérieur, et de son lit elle voit la pluie sur la fenêtre, un morceau de fenêtre de la cuisine des voisins et un coin de ciel gris foncé. Elle contemple cette vue depuis toujours, tous les étés sans faute. Elle se rappelle quand ils l'envoyaient se coucher alors qu'il faisait encore jour et qu'elle entendait les autres enfants jouer au bord de l'eau. Tu as besoin de te reposer, disait maman, je ne suis pas responsable des enfants des autres, mais Becky savait déjà confusément à l'époque, comme elle en est persuadée à présent, qu'ils voulaient simplement se débarrasser d'elle pour pouvoir – quoi, boire une infusion, sûrement. Faire des mots croisés. La famille qui loue à côté a allumé les lumières, ce que maman jugerait comme du gaspillage. Ces journées d'été interminables, elle dirait, même quand le temps est nuageux la lumière dure jusqu'à pas d'heure, pourquoi vouloir s'aveugler avec des ampoules, est-ce qu'on n'a pas déjà assez de lumière artificielle en hiver ? Juste pour y voir quelque chose, pense Becky, juste si on déprime à mort à force de devoir tâtonner dans un minuscule chalet sombre et humide loin de tout alors qu'on pourrait être chez soi dans des pièces de taille normale, profiter de toilettes séparées de la salle de bains de sorte qu'on n'est pas obligé de toujours sentir la merde de son frère, et d'un accès Internet normal ou au moins à ses données pour ne pas avoir l'impression d'être mort. Elle a envie de prendre son téléphone, ne serait-ce que pour regarder les photos, mais à quoi bon.

Je voudrais être morte.

Ils seraient sans doute navrés, mais si ça se trouve papa dirait simplement qu'elle a été stupide parce qu'il n'était absolument pas navré quand elle s'est cogné la tête contre le mur. Elle a essayé de se taillader les poignets aussi, toutes les filles le font, et ça soulage quelque temps mais on ne saigne pas assez pour mourir. Jamila a fait une overdose exprès l'année dernière mais elle a eu mal au ventre et puis elle a eu tellement peur qu'elle l'a dit à sa mère alors ils l'ont emmenée à l'hôpital où tout le monde était très en colère contre elle et on lui a fait un lavage d'estomac sans lui donner de sédatif ni l'anesthésier ou quoi puis on l'a forcée à boire ce truc horrible noir et granuleux et Jamila ne savait même pas si c'était pour la punir ou vraiment pour la guérir. Tout ce que je dis, a-t-elle expliqué à Becky et Bridget quand elles ont enfin été autorisées à la voir, tout ce que je dis, c'est que la prochaine fois je ne le dirai à personne, soit il ne faut pas le faire, soit il faut aller jusqu'au bout. Et un de ces jours, se dit Becky, il y a de l'eau de Javel sous l'évier, n'est-ce pas, des couteaux dans le tiroir, bien que selon son expérience il soit très difficile de se trancher soi-même une artère, à moins d'être drogué, assez défoncé pour ne pas sentir la douleur, mais pas non plus au point de ne pas pouvoir le faire. Elle a même suffisamment de paracétamol dans son sac, pour les douleurs de règles a-t-elle dit à sa mère, et il lui arrive de prendre un comprimé pour ça à l'occasion, mais c'est surtout agréable de savoir qu'ils sont là, que si elle en a envie elle n'a pas besoin d'aller dans une pharmacie où ils refusent de vous vendre deux boîtes au cas où vous seriez décidé à vous suicider mais pas au point que l'idée vous traverse d'aller dans une autre boutique vous procurer une seconde boîte. Ça pourrait peut-être marcher dans un minuscule village avec un seul magasin et même pas de station-service, mais à ce moment-là vous vous seriez tiré ou tué depuis des années de toute façon.

Bon. Fait chier. Becky s'essuie le nez d'un revers de la main et s'assoit. Rouge à lèvres. Inutile de mettre autre chose, elle aurait le visage barbouillé le temps d'arriver à la tente, mais elle applique un peu de sérum dans ses cheveux avant de les brosser, elle aime bien l'odeur. Son manteau est à côté de la porte d'entrée alors elle prend le sweat à capuche qu'Alex a laissé dans leur chambre, enfile ses baskets, marche sur son lit – trace de chaussure sur le drap, tant pis pour lui il n'avait qu'à faire son lit ce matin –, ouvre la fenêtre et saute dehors. Elle se fait mal à la cuisse contre le rebord et ses chevilles chancellent ; le dénivelé est beaucoup plus important à l'extérieur qu'à l'intérieur, mais elle ne veut pas que ses parents croient qu'elle se plie finalement à leur suggestion qu'elle rejoigne Alex au pub et elle ne va certainement pas leur dire ce qu'elle compte faire en vrai.

Il fait encore jour, bien sûr, comme si cette putain de journée n'était jamais censée finir, et il pleut toujours. Elle contourne leur chalet et se faufile dans l'herbe derrière celui des voisins, non que quiconque *a priori* soit en train de l'épier, non qu'elle n'ait pas le droit d'être dehors, mais cette Anglaise avec son bébé a déjà essayé de lui parler l'autre jour, aussi condescendante qu'une prof. Tu te plais en vacances ici, quelle plaie ce temps, au moins avec les plus petits on peut jouer dans les flaques mais ça ne doit pas être amusant pour toi ? Ça va, a dit Becky, on est du coin, on est habitués. Retourne en Angleterre, connasse, si ça te plaît pas ici, n'a-t-elle pas dit. Oh, moi aussi je vis ici, a dit la femme, enfin, à Édimbourg, mais je doute que le temps soit très différent, toi tu habites à Glasgow ? C'est ça, a dit Becky en forçant sur l'accent, de Glasgow, tout à fait. Il y a une tuile déplacée sur leur toit et la pluie s'infiltre dans la brèche.

Elle ferait mieux de passer derrière le chalet des Ukrainiens aussi, au cas où maman regarderait toujours par la fenêtre, mais elle aimerait bien voir ce qui se passe là-dedans, chez les seules personnes qui s'éclatent entre Glasgow et l'Islande, au moins. Elle n'a pas dormi de la nuit, aux aguets, se disant qu'Alex et elle auraient dû enfiler des fringues pour les rejoindre, ça avait l'air d'être une super fête, quitte à ne pas dormir. Becky a un peu parlé avec la mère, le premier jour où ils étaient là, elle est passée devant chez eux et a vu la femme qui faisait la vaisselle avec la fenêtre ouverte et parlait avec la fillette qui jouait dehors. On aurait dit du polonais alors Becky a dit *"dzień dobry"* pour voir. Elle l'avait appris à l'école quand ils avaient fait une grande affiche qui disait bonjour dans toutes les langues des élèves de sa classe et il s'avère que ça se disait pareil dans pratiquement tous les pays d'Europe de l'Est, mais de toute évidence elle n'aurait l'occasion de tester l'expression dans aucun d'entre eux. La petite fille s'est arrêtée pour la dévisager et la mère, très étonnée, a posé sa brosse et s'est penchée si loin que son haut a trempé dans l'eau de vaisselle, mais bien sûr Becky ne savait rien dire d'autre et la femme, Alina, a dû finalement parler anglais. Il s'est avéré qu'elle était ukrainienne et non polonaise, et la première chose qu'elle a dite c'est qu'elle vivait ici depuis vingt ans et payait des impôts, comme si ça importait à Becky. Elle n'a pas invité Becky à entrer. Mais là les lumières ne sont pas allumées, et Becky n'a pas vu la petite fille depuis deux ou trois jours, elle est peut-être rentrée à Glasgow avec des personnes qui leur ont rendu visite, ça ne devait pas être marrant pour elle ici. Enfin qui s'amuse ici de toute façon ? Elle met sa capuche avant que la pluie rince le sérum qu'elle a mis dans ses cheveux. Rien ne change. Les nuages ne bougent pas. La nuit ne tombe même pas, et il n'y a personne d'autre dehors. Comment seraient-ils au courant si une extinction de masse était en cours, comment c'est censé fonctionner sans téléphone ?

Elle va passer devant le chalet des personnes âgées bien qu'elle n'ait pas besoin d'aller vers le rivage, simplement pour marcher devant chez eux, pas particulièrement vite. Aucune raison de se presser, n'est-ce pas ? Ils sont assis dans des fauteuils de personnes âgées avec chacun sur les genoux une de ces affreuses lampes de dentiste qui éclairent leur livre, comme s'ils s'apprêtaient à faire des plombages et non à tourner des pages. Ces jeunes de nos jours, marmonne-t-elle, qui nous gâchent le paysage avec leurs horribles vêtements, leurs chaussures qui ressemblent à des frigos. C'est ce que dit sa mémé, quand j'avais ton âge je me languissais d'avoir des talons, je ne sais pas comment ton père peut te laisser sortir de la maison en collants et rien pour te couvrir le derrière, moi je ne l'aurais pas permis. Becky scrute l'intérieur et bâille longuement sans se couvrir la bouche, et le vieil homme la regarde. On dirait qu'il passe à la télé, trouve Becky, tout éclairé et encadré dans sa vitre, comme si quelqu'un allait surgir derrière lui avec un objet contondant. Elle longe l'allée de gravier, non que quiconque risque d'entendre ses pas dans le déluge, passe devant le chalet de la femme triste qui ne sort jamais et ses deux gamins. Ils sont toujours en train de dîner et la scène lui rappelle sa vieille maison Playmobil, les personnages aux articulations raides qu'on pouvait installer autour de la table verte en plastique, les couverts miniatures que sa mère lui disait toujours de ne pas perdre. La pluie détrempe son legging et le bout des manches du sweat à capuche d'Alex commence à lui coller aux mains. Elle l'enlèvera peut-être quand elle arrivera, elle se glissera dans la tente du soldat et fera passer le sweat et son tee-shirt par-dessus sa tête d'un geste fluide, agitera ses cheveux – elle s'entraîne à agiter ses cheveux malgré la capuche – et le soldat l'étreindra et ils s'embrasseront bien qu'il soit vieux et bizarre et quoi qu'on dise à propos des hommes d'un certain âge il n'a pas manifesté d'envie de l'embrasser mais il s'intéresse à ce qu'elle dit et au moins ça change de maman et de sa litanie sur le recyclage et la durabilité et le fait qu'ils ne puissent plus utiliser de cellophane.

Becky atteint la route et ses nids-de-poule emplis d'eau marron, et se lance dans les bois.

commence à se lever

Tout au fond des bois l'obscurité commence à se lever, à s'accumuler sous les branches humides et entre les feuilles alourdies. Dans leur tanière, les blaireaux s'étirent, hument l'air, s'aventurent dans le soir d'un pas lourd. La renarde remue et s'allonge de tout son long pour nourrir ses petits. Elle a faim, et une fois qu'ils ont terminé – avant que le plus petit et plus lent ait fini – elle se débarrasse de l'avorton, les pousse tous du museau vers la chaleur obscure et se lève.

La renarde sillonne l'obscurité à ras de terre, vive. La pluie a emporté toute trace des petites créatures et il n'y a pas de petits oiseaux en vol. Elle chipe une grosse limace noyée et poursuit son chemin. Elle connaît un endroit où trouver de la couenne de lard, des petits pains rassis, un festin froid de peau de poisson et de pelures de pommes de terre. Tant que ses petits restent où elle les a laissés, tant qu'aucune chouette en chasse n'écume la nuit en son absence, tant qu'aucune voiture tardive ne surgit quand elle traverse la route, elle reviendra et les nourrira encore.

les tornades, ça peut attendre

Josh n'aime pas ce temps. Bon, évidemment qu'il n'aime pas ce temps, il n'est pas masochiste, à la différence de sa mère il ne croit pas secrètement que la pluie est le moyen que Dieu a trouvé pour empêcher les Écossais d'atteindre un niveau d'éclate indécent. (Ce qui n'est pas une raison pour être méchant, après tout ne lui a-t-elle pas confié les clés en sachant pertinemment qu'un niveau d'éclate indécent était justement ce qu'il avait en tête, une année entière avant le mariage, elle aurait eu des ennuis avec sa mère à elle à sa place.) Mais l'année dernière à cette époque il faisait presque deux fois plus chaud que maintenant. Il a même attrapé un coup de soleil en gravissant le Ben Lomond. Il trimballait une petite bouteille d'eau partout où il allait. Il y avait des gens qui nageaient le long de toutes les plages. L'eau et le ciel étaient bleus et il se rappelle avoir passé la moitié d'un après-midi simplement assis sur un rocher plat un peu plus loin le long du sentier de la berge, à regarder les ombres du feuillage jouer sur le sable et les galets et les oiseaux sur l'eau, avec l'impression que sa peau faisait sa photosynthèse. C'était agréable, ça semblait dans l'ordre des choses, mais pour la première fois il y a eu des interdictions d'arrosage même sur les îles où les gens ne possèdent pas de tuyau d'arrosage, ne veulent pas plus d'eau que ce que le Seigneur a jugé bon de faire tomber sur leurs capuches dont l'étanchéité laisse à désirer. D'une certaine manière, cette année semble moins dangereuse, comme si le fait d'être gelé et trempé amoindrissait le changement climatique par rapport à l'année dernière, mais ce n'est pas normal non plus, ce genre de déluge. C'est comme si le cycle météorologique s'était enrayé, comme si toute l'organisation, le Gulf Stream et les vents solaires, le cycle de l'eau lui-même, des trucs qu'on ne remarque pas, s'étaient arrêtés. Est-ce que l'eau ne va pas manquer, ailleurs ? Il n'y en a qu'une quantité déterminée dans le système.

Il a dit qu'il cuisinerait ce soir, alors il feuillette le livre de recettes que sa mère garde ici bien qu'il sache très bien ce qu'il va préparer. Pâtes surprise, ils appellent ça : deux oignons (qui germent un peu mais pas grave, on peut manger le vert), poivrons rouges en supprimant la partie qui s'est ramollie, de l'ail en train de germer aussi, des champignons ridés mais peu importe une fois qu'ils seront cuits, tomates en conserve. Ça fera l'affaire mais Milly a raison, il faut vraiment qu'ils aillent faire des courses demain. Il aime bien être ici avec elle, faire l'amour l'après-midi et dormir tard le matin, le monde tournant autour du fait d'être au lit ensemble, il ne veut pas rompre le charme. Ils retrouveront le monde réel assez tôt comme ça, dans la vie on ne doit pas avoir droit à tellement de jours comme ceux-là, des jours où faire l'amour est l'activité principale. Non mais bientôt c'est le bocal du poisson qu'il faudra rompre, a dit Milly, tu sais si on roule jusqu'à la gare on pourrait être à Glasgow en moins d'une heure, aller au Kelvingrove ou à la Women's Library, il y a un festival en ce moment. Elle a besoin de ses amis, de sa tribu. Non qu'il ait un problème avec les femmes, les bibliothèques ou les festivals, rien de tout ça, il n'a simplement pas envie d'y aller. Ce n'est pas son truc, tout comme elle, elle ne veut pas aller voir un match de football, et puis ils sont censés être en vacances, faire des choses ensemble. Il a raté le match du week-end, n'y a même pas fait allusion. Le livre a plus de photos que de texte. Agneau rôti aux abricots, quelle drôle d'idée, en tout cas sa mère n'a jamais cuisiné un truc pareil, et certainement pas ici où elle a tendance à faire simple, tourtes surgelées et poisson pané parce qu'après tout elle aussi est en vacances, non ? Croquettes moelleuses au haddock, ça a l'air d'être n'importe quoi. Quiche au brocoli et au stilton, ça, ça plairait à Milly. Mais il n'a jamais fait de pâte brisée et puis ils n'ont plus d'œufs. On pourrait aller au pub, dit-il, si tu as envie de sortir, ils font à manger.

Milly lève les yeux, fait le point comme s'il l'avait arrachée à un autre horizon, bien qu'il sache qu'elle lit ce livre pour la seconde fois de la semaine. Je ne vais pas tarder à être à court de vrais livres, dit-elle sans cesse, si tu avais le wifi je pourrais au moins télécharger des e-books. Par "vrais livres" elle entend livres en papier, qui prennent déjà toute la place dans leur appartement, des piles commençant même à pousser dans la cuisine. Quand ils auront leur chez-eux sur l'île, il lui construira des étagères, autant qu'elle en voudra. Elle lui montre parfois des photos dans des magazines, de maisons avec bibliothèque dans la cage d'escalier ou sur les portes, choses qu'il n'a vues dans aucune maison où il a mis les pieds, mais il le ferait, pour elle. Le pub, dit-elle, hmm. Qu'est-ce qu'il y a au bout du village ? Il hausse les épaules. Un autre pub, dit-il. Mais je serai très content de préparer le repas, seulement je me disais que si tu voulais sortir – elle regarde dehors, la pluie qui dégouline du toit, le loch flou et terne derrière les arbres. Non, dit-elle, gardons cet argent pour nous offrir un bon restaurant un autre soir. Il doit y avoir autre chose du côté de la route principale. J'ai regardé le menu de ce pub, on est mieux à la maison avec des pâtes surprise.

Avant il mangeait dans ce pub avec son père et sa mère, quand ils voulaient se faire plaisir.

Elle replonge dans son livre. Elle est lovée comme un chat dans le fauteuil de sa mère, les pieds coincés sous elle. Il se souvient d'elle tout à l'heure, allongée sous lui, à lui tout entière, la lumière la plus éclatante de la pièce provenant de sa chevelure. Plus tard, peut-être, encore. Lui changer les idées. Il sort les oignons du placard et les décapite. Il la regarde en train de lire, sachant qu'elle ne le verra pas en train de l'admirer et ne trouvera pas ça bizarre.

Elle lève les yeux. Tiens, voilà cette fille, dit-elle, qui a l'air tellement malheureuse. Enfin, je l'aurais été aussi, coincée là avec mes parents au même âge.

Il émince le poivron, remarque son jus rouge qui s'infiltre dans les rainures de la planche à découper en plastique blanc de sa mère. Elle n'est pas trop poivron, sa mère. Viande, pommes de terre, légume vert, rien de mal à ça. Quelle fille ? dit-il, plus pour poursuivre la conversation que par intérêt pour une fille qui traverse le parc. Deux chalets plus loin, répond-elle, son frère va sur le lac avec le canoë rouge. Il hausse les épaules. Il y a toujours des gamins par ici, qui s'amusent sur les plages. Kieran et lui y passaient des heures quand ils étaient petits, sur la balançoire ou à patauger dans l'eau, jouer avec les galets. Il a entendu des enfants tout à l'heure quand il rentrait le linge que Milly, dans un accès d'optimisme, avait étendu dehors, ils jouaient à se faire la guerre, ça criait beaucoup. Mais c'est toujours mieux pour eux que de rester à l'intérieur à jouer à la guerre sur des écrans, non ? Sur l'île, les enfants jouent toujours dehors, quel que soit le temps. Mais si, tu vois quelle fille, dit-elle, la mère se balade avec un pantalon de hippie en patchwork. Le père je sais pas trop, ils se ressemblent tous, un Blanc grisonnant, chaussures de randonnée, pantalon beige immonde tout plein de fermetures éclair. Vaguement, répond-il, mais il se rappelle que Milly en a déjà parlé. Y a des femmes qui n'ont pas été informées de la fin de la seconde vague, avait-elle dit, où est-ce qu'elle déniche des fringues pareilles, je crois pas avoir déjà vu une salopette en patchwork dans un magasin. Le féminisme, a-t-il appris, survient par vagues, quoique, les marées sont très lentes, ce qui laisse le temps d'écrire un paquet de livres dont Milly pense qu'il devrait les avoir lus entre chaque. Simone de Beauvoir, il avait vaguement entendu parler d'elle sans trop savoir de quoi il retournait, ce qui était franchement tout aussi bien. Une autre, contemporaine, qu'il avait lue sans la comprendre, ou en tout cas n'avait pas saisi en quoi c'était ce qu'on appelait une féministe. Il mélange le poivron. Elle va sûrement au pub, dit-il, mais elle doit être trop jeune, non ? Milly a délaissé son livre, elle ouvre la porte et passe une tête dehors. L'air froid et l'odeur de la pluie s'engouffrent à l'intérieur. Trop jeune en effet, dit-elle, mais elle n'y va pas, on dirait qu'elle remonte la route. Pour avoir de la connexion, j'imagine, ses potes doivent lui manquer, elle va être trempée sans veste. Comme toi, dit-il, tes potes te manquent, et elle ferme la porte pour le rejoindre, se poste derrière lui aux plaques électriques et lui enlace la taille. Ses seins se pressent doucement contre son dos. Elle a une odeur différente ici, pas le bon shampooing ou quelque chose comme ça. Mais non, dit-elle, moi je t'ai toi, et puis je n'ai pas quatorze ans. La pauvre.

À quatorze ans, ils sont d'accord pour le dire, ils ne se seraient pas plu. Elle était à fond dans la danse et lui dans la beuh. C'est vraiment une bonne chose qu'ils ne se soient pas rencontrés plus tôt. Mais ses potes lui manquent, il le sait bien, ou du moins son téléphone, le concert d'approbations, de rires et d'indignation qu'il héberge. Il lui arrive de se demander si l'île est une si bonne idée que ça, si elle saura se passer de la tribu qui partage et consolide sa révolte face à la version du monde qu'ils habitent tous. Mais c'est justement pour ça qu'elle veut partir, profiter d'un nouveau départ, de l'air pur, apprendre à faire son pain et voir les étoiles et entendre les oiseaux, mais il n'est pas certain qu'elle ait vraiment compris que la plupart des gens qui ont toujours vécu là-bas ne sont pas si intéressés que ça par la pollution de l'air et la pâte au levain, et puis elle a toujours davantage aimé penser aux oiseaux et aux étoiles plutôt que vraiment les observer, ici ou à la maison. Elle achète des livres, raconte à ses amis que les oiseaux ont une boussole dans la tête, qu'ils sont apparemment capables de s'orienter grâce aux étoiles même s'ils volent de jour, que les étoiles ont toutes été nommées par des hommes. Mais elle n'achète pas de jumelles. Elle lancera peut-être un groupe de lecture.

Ils pourraient sortir, il y a un endroit sur la route à environ six kilomètres où on a cinq barres de connexion. Parfois il y a des gens assis dans leur voiture sur la petite aire de stationnement, qui refont le plein d'informations et de contacts humains, quoique, Josh se rend compte que moins il a accès à Internet, moins il en a envie. Et quand ils ont pris la voiture il y a trois jours et que son téléphone s'est mis à vibrer et à exprimer les humeurs passées de ses amis, c'était comme lire le bulletin météo de la semaine dernière. À moins qu'il y ait une tornade ou un raz-de-marée, à moins qu'il y ait une zone de dévastation dont les journaux parlent encore cinq jours plus tard, tout le monde s'en fiche. Et il se dit que les raz-de-marée et les tornades, ça peut attendre aussi longtemps que possible, merci bien. Pas besoin d'aller voir, pas maintenant, tant qu'ils sont que tous les deux, ici, au chaud et au sec avec un lit où faire l'amour et dormir et une table où partager un repas. C'est peut-être tout ce dont on a besoin, un lit et une table. Et des étagères. Les gens s'en sortaient très bien, n'est-ce pas, avant les canapés et tout ça, les anciennes générations de sa famille sur l'île. Oncle Seuma lui a déjà proposé du travail, ils auraient quelque chose, et Milly a raison, les écoles de l'île recrutent souvent des professeurs, elle trouverait rapidement. On peut se faire aider, au début, en tant que jeune couple, surtout une fois qu'il y a des enfants en route, et elle veut des enfants tôt, elle a toujours été très claire sur ce point. Écoute, elle lui a fait au bout de cinq mois à peine, on verra où cette histoire nous mène mais pour gagner du temps, je tiens à ce que tu saches qu'un homme qui ne voudra jamais d'enfants ne m'intéresse pas. J'aime être avec toi, mais si tu ne comptes pas être père, ce n'est qu'une question de temps avant qu'on se sépare, et tout sera globalement plus facile si on arrête de se voir maintenant. Appelle-moi, a-t-elle ajouté en prenant son sac, si tu veux, et elle est sortie du pub sans lui laisser l'occasion de la raccompagner à l'arrêt de bus. Il l'a appelée avant qu'elle arrive chez elle. Il l'imagine enceinte, les courbes de sa silhouette adoucies, arrondies, avec plus de ventre et de poitrine. Il a du mal à croire que c'est avec lui que ses gènes à elle se transmettront dans l'avenir. S'il y a un avenir ; avoir des enfants n'apparaît pas comme la chose la plus altruiste ou intelligente à notre époque, mais il faut bien agir comme s'il y avait de l'espoir, non ? On ne peut pas planifier sa vie en fonction de la fin du monde. Attention, dit-il – elle a sa joue contre son épaule –, il faut que j'émince les champignons. Je peux ouvrir du vin, demande-t-elle, ça ne t'embête pas ?

Elle en a besoin pour aller au bout de ces soirées avec moi, pense-t-il. Il ne lui suffit pas. Comment s'en sortiront-ils, sur l'île ? C'est son père qui y a grandi, Josh lui-même n'a toujours été qu'un visiteur, d'accord c'est la famille mais ce n'est pas la même chose qu'y vivre vraiment. J'adore leur sens de la communauté, dit-elle, le fait que tout le monde se connaisse, que les ceilidhs réunissent le troisième âge et les tout-petits, quand est-ce qu'on voit des retraités danser avec des millénials dans les grandes villes ? Et elle a raison, c'est génial, mais ce que certains appellent liens de proximité constitue par ailleurs un vrai défi. Pas d'intimité, nulle part où se cacher : le livreur sait ce que vous avez commandé en ligne, les voisins savent à quelle heure vous êtes sorti, rentré et probablement à quelle heure vous avez éteint la lumière de votre chambre. À l'épicerie, Morag sait quel genre de biscuits vous aimez, quelle quantité de bière vous achetez, et les gens ne parlent pas beaucoup, quand vous êtes là, mais vous savez qu'ils savent. Et ils savent que vous savez qu'ils savent. Il lui arrive de penser que peut-être cette visibilité exige des gens un comportement irréprochable, mais d'après son père ça ne fait qu'encourager la dissimulation et la disgrâce, les pousser à ouvrir les yeux et les fermer. Ça reste un endroit où il fait bon vivre, dit son père, il faut simplement disposer de certaines aptitudes. Un peu comme ici, en fait ; Josh se demande si c'est pour ça que son père a acheté le chalet, pour se rappeler cette vigilance de chaque instant.

Il ne lui a pas répondu mais elle est en train de choisir une bouteille, de prendre les verres d'hier soir dans l'égouttoir. Les champignons sont trop flétris pour qu'il les émince alors il les coupe vite fait et les balance avec le poivron. On descend la réserve un peu vite, on a bu deux bouteilles finalement hier soir ? Elle le sert, du rouge. Ouais, répond-elle, mais on a commencé tôt. Hmm, dit-il, verse-m'en juste un peu pour l'instant.

Elle lui tend un plein verre et le regarde de travers, retourne à la fenêtre, ouvre de nouveau la porte. Il la voit par la vitre siroter son vin sur la terrasse comme si l'arrière-plan était une publicité de lieu de vacances et non ce déluge. Il mélange les légumes et verse presque tout son vin dans la poêle parce qu'il va bien falloir que les pâtes surprise soient dignes de leur nom.

Elle rentre, empreintes humides sur le lino. Elle a des gouttes de pluie dans les cheveux. Même la petite Russe n'est pas dehors, dit-elle, la fillette sur son vélo. T'étais inquiète parce qu'elle était dehors l'autre soir, dit-il, faudrait savoir. Tu sais que si on a des enfants, sur l'île, ils sortiront sous la pluie ? Elle hausse les épaules, passe ses doigts dans sa nouvelle coupe de cheveux qui n'est pas mal mais il aimait bien ses cheveux longs, il aimait l'espace qu'ils occupaient. J'étais un peu soucieuse, dit-elle, je ne dirais pas inquiète, on voit à peine la mère de toute la journée, et ça n'avait pas l'air d'être une fête pour les enfants hier soir, tu trouves pas, je me suis demandé où elle était, il y avait beaucoup d'alcool.

Elle a déjà éclusé la moitié de son verre. Coup bas. Passe les voir et présente-toi, dit-il, ils nous inviteront peut-être la prochaine fois. S'il y a une prochaine fois, c'est clair que je me gênerai pas, dit-elle, ils s'éclataient plus que nous tous, c'est peut-être ça que les vacanciers devraient faire sous la pluie, la fête, faire connaissance avec les voisins. Il remplit la bouilloire. Quoi, dit-il, le type d'à côté à une fête ? Il n'est pas allé à une fête depuis 1963. Et puis tu m'as plutôt donné l'impression que tu t'éclatais, en fait. Elle revient vers la cuisinière, remue les légumes et lui tapote le derrière. Ah vraiment, fait-elle, sensass.

L'imaginer lui, marié à une fille qui dit sensass, même de façon ironique. Enfin, tant qu'elle ne le dit pas à sa mère. Ou en présence d'à peu près n'importe quel membre de sa famille. Il met une casserole d'eau sur le feu, il n'y en a pas qui soit assez grande pour cuire les pâtes correctement alors elles seront un peu collantes. Tant pis.

Elle est retournée à la fenêtre. Tu as vu le bébé qui est sorti avec sa grande sœur et leur papa cet après-midi, dit-elle, il est trop mignon, il apprend tout juste à marcher, tu vois cette étape où ils manquent trébucher à chaque pas ? Mais qu'ils ont cette incroyable assurance ou énergie, je ne sais pas, et se relèvent chaque fois pour recommencer ? À quel moment est-ce qu'on perd ça, d'après toi, où est-ce que ça s'en va ? Il essaie de se rappeler s'il a déjà vu un bébé apprendre à marcher. J'imagine qu'ils sont bien obligés, dit-il, l'évolution ne pourrait rien pour quelqu'un qui tomberait et renoncerait à apprendre à marcher. Mais les mères feraient quelque chose, dit-elle. Tu ne laisserais pas ton bébé par terre à la merci d'un éventuel mammouth laineux. Je ne pense pas que les mammouths laineux mangent les bébés, dit-il, se demandant bien de quoi ils sont en train de parler. Elle déambule dans la pièce, prend dans sa main un cygne en porcelaine de sa mère posé sur le buffet, le retourne. Mets ton manteau et va faire un tour, pense-t-il. Emprunte un kayak. Fais ton yoga. Il aime bien la regarder faire son yoga, le sérieux de son visage, sa façon de bouger. On voit qu'elle a fait de la danse. Elle repose le cygne et retourne se poster à la fenêtre. Dehors, il ne commence toujours pas à faire nuit. Tu crois que tous les autres sont derrière leur fenêtre aussi, dit-elle, tu crois qu'on regarde tous la pluie tomber ? Il mélange ses légumes, ajoute l'ail – il a mis des années à apprendre à ne pas le mettre avant que le reste soit presque cuit –, espère qu'une conserve de bonnes tomates italiennes lui sauvera la mise. Peut-être qu'ils font tous l'amour, répond-il, peut-être qu'ils prennent tous d'excellentes drogues. Avant la fête. Assieds-toi, dit-il, allonge tes jambes, je t'apporte des noix à grignoter et ton magazine. C'est à peine si mes pieds ont été en contact avec le sol aujourd'hui, demain on sortira quel que soit le temps, d'accord ? Bien sûr, dit-il, il nous faut à manger de toute façon. Demain, promis. Et il se dit qu'ils rouleront jusqu'au village après les maisons éparpillées mais elle voudra aller jusqu'à la ville, où les trains apportent l'odeur de la capitale, où il y a un supermarché digne de ce nom, dont les tubes au néon brilleront sur la tendresse de ces derniers jours et l'effaceront, dont les clients remarqueront la légèreté de ses cheveux, ses formes moulées dans son jean et ses cils extraordinaires. Ce qui lui convient, bien sûr, ils ne peuvent pas se cacher ici pour toujours, il le sait bien. Il le sait.

les envols commencent

Les chauves-souris s'éveillent plus tôt par ce temps gris. Elles passent la journée pendues aux chevrons des vieilles granges comme des poires sur un arbre. La première agite ses ailes et c'est une explosion de vie, une épidémie de battements. Des sons trop aigus pour être perçus par l'humain transpercent l'air, rebondissent contre les vieux murs de pierre et sous les toits en ardoise. Les envols commencent, fulgurants, comme si elles tombaient, mais à mesure que les chauves-souris se déversent une à une dans le jour qui baisse, leurs ultrasons leur sont renvoyés par les gouttes de pluie. Les moucherons fleuriront quand la pluie cessera. Les papillons de nuit voleront vers la lune quand le ciel se dégagera, mais, pour l'instant, il n'y a rien à manger.

les ombres mouvantes

Izzie n'arrive pas à dormir. Papa est venu lui dire bonne nuit il y a des heures et des heures puis elle les a entendus mettre Pat au lit, ce qui est injuste parce qu'il a quatre ans et demi de moins qu'elle. Maman lui a chanté la chanson qu'elle chantait à Izzie avant, *hó-bhan, hó-bhan, Goiridh òg O*, j'ai perdu mon cher bébé-o. J'ai vu le sillage du cygne sur le lac, mais pas un signe de bébé-o. Mais maman n'a pas ajouté le couplet spécial d'Izzie où l'on retrouve le cher bébé-o, ce qui signifie que dans l'esprit d'Izzie et peut-être dans les rêves de Pat, le bébé est toujours perdu, quelque part au-delà des empreintes de la petite loutre brune et de la brume de la montagne. Ils parlent encore de l'autre côté du mur mais il commence à faire nuit dehors et bientôt ils iront se coucher aussi et Izzie sera la seule à être éveillée, la seule à savoir si quelque chose de mal arrive, et c'est déjà presque une mauvaise chose quand les grands vont se coucher, surtout quand ils ferment la porte. Au début ça ne la gênait pas, quand il faisait encore jour. Je la ferme pour qu'on ne te dérange pas, a dit papa, dors bien, tu seras en forme, bonne nuit ma jolie.

Izzie repousse sa couette, qui est trop chaude de toute façon, s'agenouille sur son lit et détache le cordon de son store. On ne peut pas laisser pendre les cordons parce que les bébés les enroulent autour de leur cou et meurent, mais Izzie sait les détacher et les renouer et donc si Pat vient dans sa chambre et se débrouille pour monter sur son lit il ne mourra pas, en tout cas pas à cause du cordon mais c'est vrai qu'il pourrait toujours tomber et se cogner la tête. Un bébé, ça a une grosse tête et un cou fragile alors il faut faire très attention à leur tête. Elle prend le mauvais cordon, fait basculer le store, puis saisit le bon et tire doucement, et le store glisse vers le haut, et les lames s'entrechoquent un peu mais avec la porte fermée maman et papa n'entendront rien. Elle ne va pas le relever trop haut, pas au point qu'on le croie ouvert de l'extérieur, ou qu'on la voie regarder dehors, parce qu'il y a des gens dehors. Il y a la grande fille du chalet d'à côté qui se couche beaucoup plus tard qu'Izzie, a le droit de faire des tours sur son vélo rose avec des banderoles au guidon jusqu'à ce qu'il fasse nuit, et des fois elle voit Izzie, lui fait coucou et lui sourit, mais elle ne sera sûrement pas dehors avec cette pluie. Mais il y a quelqu'un d'autre, dans les bois, quelqu'un qui vient presque tous les jours et reste caché dans l'ombre à la tombée du jour. Parfois on dirait qu'il regarde vers elle mais Izzie se baisse toujours et elle ne pense pas qu'il l'ait vue.

Elle s'assoit sur ses talons et pose son menton sur ses mains sur le rebord de la fenêtre, de sorte que son regard se retrouve au niveau de l'ouverture. Il n'est pas encore là. Elle ne se rappelle pas, peut-être qu'il ne vient pas quand il pleut ? Ou alors il s'abrite sous les arbres ? Elle colle ses yeux contre la vitre, y presse son front. Les gouttes de pluie deviennent floues et elle cligne des yeux. Il y a de la buée sur la vitre et elle y dessine une fleur du bout du doigt, quatre grands pétales et un plus petit parce qu'elle n'a plus assez de place. Quand elle sera grande, elle voudra un vélo rose avec des banderoles au guidon. Elle voudra des chaussures en cuir verni et des collants en dentelle blanche comme cette fille. Elle pose son doigt contre une nouvelle goutte et suit son chemin sur le verre. Les gouttes de pluie ne descendent pas en ligne droite, jamais. Elles se contournent, parfois, comme des aimants qui ne veulent pas se toucher. Une autre. Elle essaie d'en suivre deux en même temps, avec les index de chaque main, mais c'est difficile de regarder correctement les deux en même temps pour bien suivre. Une à la fois. Il n'est toujours pas arrivé, l'homme des arbres.

Izzie plie ses doigts comme mamie lui a montré. Voici l'église, voici son clocher, ouvre les portes, voici ses fidèles. Elle ne pense pas être déjà allée dans une église, mais il y en a une, avec un clocher, près de l'arrêt de bus à la maison. Soudain elle a besoin d'y être, à la maison, avec son papier peint à papillons et ses rideaux roses, son lit, tous ses jouets, sachant que Maddie est couchée dans son lit à l'étage du dessus, de l'autre côté du plafond. Elle n'aime pas la nuit ici, il n'y a pas de lampadaires qui s'allument et si elle se réveille plus tard, il fera un noir épais, total, un noir qui remplit la bouche quand on l'ouvre et qui empêche de crier et de voir, et si quelque chose vient vers vous avec des doigts tout maigres on ne peut rien faire – Izzie a envie de sortir de son lit pour aller trouver papa mais maintenant elle a peur de bouger à cause de l'espace noir sous son lit, qui fait la taille exacte d'une chose rampante aux longs bras, une araignée géante, qui se carapate avec des pinces à la place des pattes. Elle se laisse tomber sur son matelas et se tortille sous la couette, se roule en boule la tête recouverte aussi, mais ce n'est pas son lit, pas sa couette à elle, et elle n'a que Nounours Elsie à serrer contre elle parce que maman a laissé toutes les autres peluches à la maison, et s'il y avait un incendie ou des cambrioleurs pendant qu'ils sont en vacances, et si toutes ses peluches étaient fourrées dans un sac, emportées, et qu'elle ne les revoyait jamais, ou si elles brûlaient, si tout leur appartement brûlait, et celui de Maddie aussi, parce qu'ils se touchent ? Et si Maddie brûlait ? Il n'y a pas d'air sous cette couette.

Elle sort la tête. Il fait plus sombre que tout à l'heure, l'obscurité s'épaissit près de la porte et sous la coiffeuse et surtout dans le miroir. Elle essaie de ne pas regarder vers le miroir. Il n'y en a pas dans sa chambre et elle ne s'était pas rendu compte qu'ils faisaient peur, surtout dans le noir, qu'on dirait qu'il y a des choses qui bougent dedans. Elle n'arrête pas d'oublier que le miroir n'est pas une fenêtre, qu'il n'y a pas d'autre pièce de l'autre côté, une autre chambre sombre avec une autre porte par laquelle pourraient entrer des ombres mouvantes, tous les morts qui vivent sous terre. Elle regarde en direction de la vraie fenêtre, où la lumière s'infiltre par le petit interstice qu'elle a créé, mais elle ne se sent pas en sécurité le dos tourné à la chambre et à la chambre-miroir. Comment peut-on être sûr, dans le noir, que ceci est la fenêtre et ceci le miroir ? Il est sûrement là maintenant, l'homme des arbres, dans l'un ou l'autre. Elle entend maman rire dans le salon, puis la voix de papa, et ça lui donne le courage de se redresser, d'enrouler la couette bien serré autour de ses épaules et de tourner le dos et la tête au miroir. Il pleut toujours et les nuages sont d'une drôle de couleur, mais il y a encore assez de lumière pour qu'Izzie voie l'ombre projetée de la cuisine, où les adultes ont allumé la lumière, et pour voir, après l'herbe jaunie, les arbres les plus proches.

Il y a quelqu'un qui bouge, qui contourne la maison, de trop près, qui rôde, mais au moment où Izzie essaie de trouver sa voix pour appeler papa, la silhouette file et c'est la sœur du garçon au bateau rouge, elle porte le sweat de son frère avec la capuche sur sa tête et les cheveux devant son visage, et pendant qu'Izzie la regarde elle passe derrière son chalet à elle et s'agrippe au mur et elle rentre par une fenêtre et Izzie se demande si ça compte comme un cambriolage, quand quelqu'un s'introduit dans sa propre maison par effraction, bien qu'il ne casse rien. Elle continue à observer, la lumière s'allume, un carré de lumière qui fait un carré de gouttes brillantes dans le noir, puis elle se rappelle qu'elle doit chercher l'homme des arbres.

Elle avait raison, il est là, dans les arbres. Debout, il observe.

D'un endroit qu'elle ne voit pas, la musique retentit.

peut-être qu'ils rêvent

Les arbres changent de forme la nuit. Dans l'obscurité, les branches se détendent, les feuilles s'affaissent. Les rameaux s'étirent vers leurs semblables, comme des mains qui se tiennent. C'est fatigant, de lever ses membres vers le soleil, de transformer la lumière en énergie. La nuit venue les arbres ont moins de travail. La pression de leurs cellules retombe un peu, comme dans les nôtres. Comme nous, comme toute créature, ils ne s'arrêtent pas la nuit. Une sorte d'esprit végétal assure la continuité de la respiration, de la circulation de la sève. Une sorte d'intelligence verte décèle la rotation de la Terre et la lente inclinaison vers l'hiver.

Les bois s'étendent, prennent leurs aises pour la nuit, offrent un peu plus d'espace à ceux qui ont besoin d'un abri. Les arbres dorment, plus ou moins. Il arrive peut-être que certaines nuits ils rêvent et se réveillent, scrutent l'obscurité, puis se rendorment jusqu'à l'aube.

une femme assise au bord

Il n'est pas raciste en pensant cela. Même s'ils ne sont plus censés être là, ça ne l'étonne pas qu'ils soient étrangers, roumains ou un truc de ce genre. Il aurait le même avis s'il s'agissait de gens de Stockport, et à vrai dire il a déjà eu le même avis et l'a fait savoir, la fois où ils séjournaient à Scarborough et qu'il y a eu un enterrement de vie de garçon dans l'appartement du dessus, et il ne voit pas pourquoi le fait que ceux-là soient bulgares ou n'importe devrait leur valoir un traitement différent. On est bien d'accord que ça ne se fait pas d'empêcher des dizaines de personnes de dormir la nuit, ils devraient montrer un peu de respect, il y a de jeunes familles ici et des personnes âgées, sans parler de Justine qui s'est levée à une heure indue pour courir, c'est son choix peut-être mais elle au moins elle ne saccage pas le sommeil des autres juste parce qu'elle aime se lever à des horaires décalés. Vivre et laisser vivre, voilà en quoi Steve croit. Ils peuvent rester debout toute la nuit à se rendre sourds si ça leur chante mais ils devraient le faire ailleurs, comme là d'où ils viennent. Pas dans un village vacances en pleine période estivale, pour l'amour du ciel.

Il sent les basses palpiter à travers le sol, trouver une chambre d'écho dans le vide sanitaire entre la terre et le plancher, vibrer jusque dans ses os. Bon sang, dit-il, quelqu'un devrait vraiment aller leur dire deux mots. Justine soupire, met sur pause quel que soit le truc qu'elle regarde sur son ordinateur portable et retire un écouteur. À l'écran, il voit une femme figée, la bouche maquillée de rouge, un verre de vin à mi-chemin de ses lèvres. Il s'en veut de ne pas avoir pensé lui-même à télécharger un truc à regarder. Quoi ? dit-elle. J'ai dit, dit-il, que quelqu'un devrait aller leur dire deux mots. À propos de ce raffut. On ne va pas les laisser recommencer toute la nuit, merde, ça gâche toutes les vacances, on est tous complètement lessivés. Oui, dit-elle, c'est vrai que c'est un peu fort, et elle remet son écouteur puis appuie sur lecture.

Il s'extrait de son fauteuil – Justine n'a pas tort, il devrait faire plus de sport – et va dire aux garçons que c'est bon, il va s'en occuper, ils vont pouvoir dormir, mais lorsqu'il pousse doucement la porte de leur chambre sur cette moquette épaisse, ils semblent endormis, ou en tout cas immobiles dans la pièce qui s'assombrit bien que le bruit – presque plus une force qu'un son, quelque chose qu'on sent davantage dans son squelette que dans ses oreilles – pulse à travers les vitres et les murs en bois. Est-ce que la musique vous dérange, chuchote-t-il, je vais aller leur dire de baisser. Noah se retourne et le regarde, l'air perdu. Quoi ? fait-il, j'étais en train de m'endormir. Chh, dit Steve, rendors-toi alors, je craignais juste que la musique vous empêche de dormir. Ah, dit Noah, non papa, ça va, et il se rallonge.

Steve va dans la salle de bains pour voir à quel point on entend dans cette pièce. Eh bien on entend, et c'est rien de le dire. Il pense que les basses créent une onde dans la cuvette des toilettes et résonnent dans la baignoire vide. Il commence à avoir mal à la tête, un poids rigide à la base du crâne. Il se masse la nuque, perçoit le mouvement dans le miroir au-dessus du lavabo. Il a l'impression d'avoir un galet rond de la plage logé sous la peau, et son reflet semble blême, mal à l'aise, le visage d'un homme qui ne s'attendait pas à se faire surprendre. C'est peut-être une tumeur au cerveau, ça commence par des maux de tête, non ? Peut-être qu'il va mourir, si ça se trouve c'est pour ça qu'il est tellement fatigué en ce moment, non pas, comme Justine aime le sous-entendre, parce qu'il mange trop de sandwichs au bacon et ne court pas assez, mais à cause d'une maladie tragique qui va le faucher dans la fleur de l'âge. Enfin, *fleur de l'âge* est peut-être un peu exagéré. On ne le remarque sûrement pas, quand on est dans la fleur de l'âge ; en fait, quand on y pense, c'est qu'elle est presque à coup sûr terminée. Il croise à nouveau son regard. Les miroirs sont bizarres dans le noir, tout le monde sait ça. Il ramasse le tapis de bain que les garçons ont laissé trempé par terre, le pend au porte-serviettes, tire la chasse d'eau, ce que, pour une raison qui lui échappe, Eddie ne fait jamais. La chanson change, un rythme plus rapide avec des jappements et des crissements qui se déversent à travers les arbres et toujours ces basses, comme si un gamin faisait rebondir son ballon contre le mur. Ça doit se propager jusqu'au lac, les poissons l'entendent sûrement, ça doit chasser les oiseaux de leur nid, empêcher les pauvres moutons de dormir. Les moutons ne perdent-ils pas leurs agneaux, en situation de détresse ? Il agirait pour le bien des fermiers du coin aussi, s'il allait expliquer à ces Bulgares sa façon de voir les choses.

Il longe le couloir jusqu'à la cuisine. Il remplit la bouilloire dans la pénombre ; on voit encore ce qu'on fait, tout juste. Le visage de Justine irradie dans la pièce obscure, illuminé par son écran. Il n'est pas le seul à commencer à faire son âge, tous les joggings et les cours de yoga du monde ne remédieront pas à l'affaissement commençant de son cou et de son menton, ni aux rides griffonnées qui la marquent soudain sous les yeux. On a fait la moitié du chemin, se dit-il, la pensée n'a franchement rien de neuf, un homme le sait bien quand il atteint quarante ans, mais il n'a jamais vraiment songé à Justine prenant de l'âge, n'a jamais pensé qu'un jour peut-être elle lui tiendrait le bras comme sa mère le fait, voudrait que ce soit lui qui porte les sacs et conduise tout le temps. Est-ce que ce sera le cas ? Sa mère a toujours été un peu comme ça, un peu faiblarde, quoiqu'elle soit bonne cuisinière, meilleure que Justine, et qu'elle tienne mieux sa maison. Justine, elle, soulèvera probablement encore des haltères à quatre-vingt-dix ans et quelques, ayant plus que largement dépassé le stade où les gens normaux décident qu'ils ont déjà déjoué les pronostics, qu'ils peuvent s'envoyer toutes les tartes et les bières qu'ils veulent parce qu'on ne va quand même pas vous demander quelles sont vos chances de faire un cancer aux portes du paradis, non plus ? Ça ne sera peut-être pas si mal, de vieillir. Il met deux sachets de thé dans la théière. Le truc, c'est qu'à partir de maintenant, ça ne va pas aller en s'arrangeant, ce qui est un peu con à dire parce que c'est pas comme si les trentenaires allaient en rajeunissant non plus, si on prend les choses comme ça, ça se dégrade dès la naissance, chaque minute qui passe nous rapproche de la mort, pareil pour les gamins, mais bon, il se comprend. C'est différent, quand on a dépassé la première moitié. C'est comme ça. Les jeunes sont plus jeunes et les vieux pas si vieux.

Il verse l'eau bouillante, observe la vapeur qui s'élève et plane dans l'air de plus en plus sombre. Il coule à nouveau un regard vers sa femme, qui se mord la peau autour des ongles, grimace les dents serrées comme s'il n'était pas là. Même avec ses écouteurs, elle doit entendre le bruit, savoir que quelqu'un a décidé que tous les gens se trouvant dans un rayon de cinq kilomètres allaient devoir supporter son raffut, qu'un Roumain a le droit de choisir ce que tous les autres vont devoir entendre la majeure partie de la nuit, que le besoin impérieux de faire la fête d'une personne l'emporte sur le besoin de sommeil de toutes les autres. Il va y aller, se dit-il, les tuer à mains nues, il va défoncer la porte, arracher les enceintes du mur et les balancer à travers les putains de fenêtres, voilà ce qu'il va faire. Après ils auront droit à la paix.

Tu veux une tasse de thé ? demande-t-il à Justine, mais elle est trop occupée par son coffret DVD et ses ongles pour lui répondre. Il va jusqu'à elle et lui tape sur l'épaule : à l'écran, il y a une femme assise au bord d'un plan de travail en robe rouge bouffante, ses genoux blancs écartés, prenant appui en arrière sur ses bras tandis qu'un homme en costume lui prodigue apparemment un cunnilingus, enfoui sous sa jupe. Justine appuie sur pause à nouveau et ôte un écouteur. Quoi encore, dit-elle. J'ai dit, est-ce que tu veux une tasse de thé. Non merci, répond-elle, et elle attend, les sourcils froncés, qu'il soit reparti dans la cuisine pour rappuyer sur lecture. Mais qu'est-ce qu'elle regarde, bordel ? Ça c'est typique, hein, quand un homme regarde un porno c'est un porc dangereux, c'est dégradant pour les femmes, mais elle, elle peut être là sur le canapé à mater son truc excitant à la vue de tous et s'agacer parce qu'elle doit lever les yeux de son ordinateur. Son ordinateur de boulot, en plus, propriété de son employeur. Elle pourrait se faire virer pour ça, et alors qu'est-ce qui leur arriverait, ce n'est pas comme s'ils pouvaient vivre sur son salaire à lui, pas en ce moment. La chanson a encore changé, un rythme déferlant, retentissant, et une voix masculine agressive. On ne distingue pas vraiment les paroles mais il est prêt à parier un paquet de fric qu'on ne voudrait pas les entendre dans la bouche de ses enfants. Est-ce qu'il y a des rappeurs en Pologne ? Il se sert un thé, prend le reste du lait, ce qui veut dire qu'il n'y en aura pas pour le petit-déjeuner demain matin, non qu'il y en ait eu assez de toute façon, ajoute deux cuillères à café de sucre bien bombées et laisse la cuillère collante sur le plan de travail. Est-ce que c'est ce dont elle a envie, s'asseoir sur le plan de travail comme ça ? Est-ce que c'est ce qu'il est censé faire s'il veut un peu d'action ? Et puis comment ça marche, comment est-ce qu'on peut mettre sa bouche au bon endroit si elle a le cul posé sur une surface dure, est-ce qu'on n'a pas le menton qui se cogne quelque part ? C'est absurde, ces putains de films américains avec leurs hectares de cuisine et leurs frigos gros comme des bagnoles. Ils ont sûrement des plans de travail avec encart spécial, distributeur de glaçons, broyeur d'ordures et tout le cirque. Et puis qui met des grandes robes comme ça dans la vraie vie, qui plus est dans la cuisine ? Oh putain c'est pas vrai, ils ont encore monté le son. Il devrait y avoir des limites intégrées sur ces engins, comme les limiteurs de vitesse sur les poids lourds, quoique, les gens trouveraient sûrement le moyen de les désactiver. Enfoirés de Bulgares.

Il prend son thé et va se poster devant les portes-fenêtres, contournant soigneusement Justine et son ordinateur du bureau. Leur premier jour ici, il a regardé le coucher du soleil à cette heure-ci environ. Il disparaît derrière les montagnes évidemment, il faudrait être sur la côte ouest pour tout bien voir, mais les nuages se sont teintés d'un rose fluo dément et le ciel était d'un bleu de plus en plus profond, presque des couleurs surnaturelles, et plus tard quand il s'est levé pour pisser il a remarqué les étoiles et il est sorti sur la terrasse pour les observer, et il n'y avait que lui, planté sous le ciel nocturne, en compagnie de plus d'étoiles qu'il en avait vu de toute sa vie, et du reflet d'un quartier de lune dans l'eau, et il s'est dit, bon sang, c'est moi, là, et ça l'espace, et il a un peu voulu pousser jusqu'à la plage mais il faisait un froid de chien et il était en pantalon et tee-shirt, et puis ça lui faisait un peu drôle, les bois la nuit, alors il est resté là à contempler les étoiles jusqu'à ce que le froid le fasse rentrer.

Mais aujourd'hui, pas de coucher de soleil. La pluie coule le long des vitres et goutte du toit, et dans la fenêtre se reflète l'ordinateur de Justine perché dans un arbre mouillé. Tout vire au noir et blanc ; quand il était petit, Steve pensait que les couleurs disparaissaient la nuit, et il ne voit toujours pas en quoi ce ne serait pas vrai. Comment quiconque peut savoir que les couleurs existent dans le noir, ce n'est pas comme si on pouvait les voir. Il y a des halos de lumière jaune dans la plupart des autres chalets, et deux habitations plus loin, il aperçoit les Roumains, leurs fenêtres ouvertes malgré le temps et quelqu'un debout à la porte ouverte, qui fume. À moins qu'ils soient propriétaires de ce chalet, et il en doute fort, fumer y est interdit, et il pensait que le premier imbécile venu aurait saisi en quoi fumer dans un chalet en bois dans un bois au bout d'une route à voie unique de quinze kilomètres était une mauvaise idée, même si on se fout du cancer du poumon, des maladies cardiaques et tout ça. Et la petite fille alors, et le tabagisme passif ? Il est assez vieux pour se souvenir de tout ça, comment c'était, gamin, d'être assis à l'arrière d'une voiture avec quelqu'un qui fumait à l'avant, de sortir du bus avec les fringues et les cheveux qui empestaient à cause des fumeurs, tous regroupés à l'arrière comme si ça changeait quelque chose. Il ne court peut-être pas tout le temps, apprécie une soirée au pub de temps en temps et prend son thé sucré, mais au moins il n'est pas bête au point de fumer. Il n'a jamais tiré sur une clope de sa vie, même ; après avoir vu sa mère au chevet de son grand-père, il n'allait pas commettre la même bêtise, et si jamais il surprend Noah ou Eddie avec une cigarette, ils passeront un sale quart d'heure.

Pourquoi est-ce que cette stupide vache est plantée sur le seuil comme ça, pour s'assurer que personne ne ratera le moindre cri, le moindre martèlement de sa prétendue musique ? Elle doit se geler, et se faire tremper par la même occasion, et avec les fenêtres ouvertes comme ça la pluie va mouiller la moquette. S'il savait à qui appartient ce chalet, il serait déjà au téléphone. Enfin, non, puisqu'on ne peut joindre personne d'ici, mais il remonterait la route ou irait au bout de la jetée pour informer le propriétaire de ce qui se passe, malgré le mauvais temps. C'est injuste de louer le chalet de quelqu'un qui a travaillé dur et économisé pour se le payer et de l'empuantir avec des cigarettes, abîmer la moquette et Dieu sait ce qu'ils font là-dedans, les gens comme ça vivent sûrement dans la crasse. Il boit un peu de thé. Il va peut-être finir par y aller. Qui d'autre va s'en occuper, sinon ? Le vieux avec sa femme qui sucre les fraises ? Il y a le type deux maisons plus loin dont le fils a fait une sortie en kayak dans l'après-midi, Steve passera peut-être le voir d'abord et ils iront ensemble. Montrer à ces Bulgares qu'ils emmerdent tout le monde, et pas seulement un râleur. Ce jeune pourrait venir aussi d'ailleurs, il est grand, il dépasse son père d'une tête. S'ils ne baissent pas le volume dans cinq minutes, Steve mettra son manteau.

Justine fixe toujours son écran. Dieu sait ce qui se passe maintenant, des trucs de pervers auxquels il ne veut même pas penser, la nana a sûrement enlevé sa robe rouge à l'heure qu'il est, et c'est peut-être à son tour de s'agenouiller sur le sol lustré de sa cuisine entre les chaussures lustrées de l'homme en costume, non que ça puisse plaire à Justine, elle n'a jamais – voilà que la Roumaine a dégainé son téléphone, il voit son visage dans la lumière bleue. Élégante, clope dans une main, téléphone dans l'autre. On voit un peu son décolleté, et on devine un soutien-gorge noir sous son haut. Elle n'appelle personne en tout cas, impossible de se faire entendre avec un boucan pareil, elle tripote simplement l'appareil, tapote et fait défiler des trucs, enverrait peut-être un message à son dealer s'ils n'étaient pas perdus dans ce trou. Mais attends, pense-t-il, comment ça se fait qu'elle capte ? Qu'est-ce qu'elle fout, elle doit être sur un autre réseau que nous tous, qui devons remonter la route ou aller au bout de la jetée pour choper deux barres de signal. À moins qu'il y ait un fournisseur roumain avec une meilleure couverture, mais c'est absurde, ça ne marchait pas du tout comme ça, avant. Il la voit sourire, cette grosse vache, avec ses cheveux sombres qui tombent entre ses seins rehaussés. Justine avait les cheveux longs quand ils se sont rencontrés, et les a gardés longs des années, jusqu'au jour où elle a tout coupé pour mettre moins de temps sous la douche après avoir couru, sans même le prévenir qu'elle allait le faire. Ce sont ses cheveux, bien sûr, elle fait ce qu'elle veut avec, mais elle aurait pu se soucier des goûts de son mari. Lui, il lui demanderait, avant de se laisser pousser la barbe ou de se raser la tête. Non qu'il en ait besoin, et c'est déjà une bonne chose, la calvitie ne le concerne pas encore, ou à peine, à la différence de son père qui avait cette atroce mèche cache-misère rabattue sur le côté qui se soulevait par grand vent. Steve sait comment faire face mieux que ça.

Des phares qui balaient les arbres le font sursauter. Évidemment avec ce vacarme il n'a pas entendu de moteur, un avion pourrait franchir le mur du son que personne ne s'en rendrait compte. Ça arrivait parfois dans la lande près de chez lui, à l'époque où il y avait encore des bases de l'armée de l'air dans le Nord, c'était excitant cette façon qu'avaient les avions de chasse de déchirer le ciel, on levait le nez et ils étaient à quatre-vingt-dix degrés de l'endroit où on les avait entendus. Ça lui aurait plu de grimper à bord d'un engin pareil. C'est gros, il ne sait pas ce que c'est, voilà que ça arrive, ballotté, on dirait un de ces nouveaux 4×4 à la Bigfoot, carrosserie blanche et rutilante comme du givre, et putain de merde il s'arrête pile devant chez les Roumains. Justine, dit-il, viens voir un peu, mais bien sûr elle ne réagit pas. Il y a une autre musique qui s'échappe de la voiture dès qu'ils ouvrent les portières, deux batteries qui luttent l'une contre l'autre, deux voix hurlantes. On coupe le moteur et les gens sortent, deux hommes à l'avant, et à l'arrière deux femmes en baskets blanches qu'on voit dans le noir et en petite robe moulante claire, et les hommes font le tour pour sortir du coffre ce qui ressemble à des packs de bières pendant que la grosse vache sort sous la pluie pour donner l'accolade aux femmes et alors la petite fille apparaît sur le seuil et pendant tout ce temps la musique rugit et tape. Putain de merde, se dit Steve, il va nous falloir toute une armée maintenant.

tympans

Les ondes sonores vibrent comme les ronds autour d'une pierre jetée dans l'eau, s'élargissent à travers la nuit pluvieuse.

La musique transperce les gouttes de pluie, l'air est saturé de bruit et de mouvement. Les ondes sonores franchissent la porte ouverte du chalet et les interstices des fenêtres, se propagent au-dessus de la terre gorgée d'eau, dans toutes les oreilles de la forêt. Les renardeaux les sentent à travers la paroi de leur terrier, les chauves-souris dans leurs chevrons. Dans un nid de fougère à flanc de coteau, la colombe tend l'oreille en direction d'une percussion continue, trop lourde pour être celle d'un loup. La fourmilière pulse. Les arbres humides absorbent les fréquences aiguës, avalent l'énergie dans leur moiteur et leur pulpe, et donc ce sont les basses qui pénètrent dans votre tête et tambourinent sur vos tympans.

un bruit à l'intérieur de son corps

Sa mère et son père n'aiment pas qu'il se relève après qu'ils ont éteint la lumière, mais ça fait des heures que Jack est allongé là sans dormir, comme il fait encore jour, à regarder l'obscurité s'infiltrer le long des murs. Ils doivent bien se douter qu'avec ce vacarme il n'arrive pas à dormir et de toute façon il a soif, il faut qu'il boive de l'eau. Il sent les vibrations dans son lit, elles traversent son matelas pour se propager dans ses os, tandis que la voix du chanteur, du gueuleur, lui parvient à travers la fenêtre, jusque dans ses oreilles, les profondeurs de son crâne. Ils jouent sur lui, pense-t-il, ils produisent un bruit à l'intérieur de son corps et il ne peut pas les en empêcher. Il ne peut y échapper, et il sort de son lit, de la chambre. Il fait sombre dans le couloir, le lino est froid sous ses pieds et tout le sol tremble au rythme de la musique. Papa, dit-il, papa. Il y a un trait de lumière jaune sous la porte de la pièce principale. Je suis là, dit papa, et sa voix aménage un petit espace dans le bruit ambiant. Qu'est-ce qu'il y a, tu n'arrives pas à dormir ? Assis dans un des gros fauteuils, une bouteille de bière à portée de main, il vient de mettre sur pause ce qu'il regardait à la télé, deux hommes discutant par-dessus une portière de voiture ouverte, dans un endroit gris et pluvieux. Jack le jauge. Normalement on a besoin d'une bonne excuse pour sortir de son lit, l'envie d'aller aux toilettes étant la meilleure, rien à redire. Ils font trop de bruit, dit-il. Oui, dit papa, ta mère trouve aussi. Est-ce que Lola dort ? Jack hausse les épaules. On ne s'est pas parlé, dit-il. Même quand ils partagent une chambre pendant les vacances, ils sont censés ne pas faire de bruit et dormir quand papa éteint la lumière. Ils n'ont peut-être pas besoin de se reposer, mais maman, si.

La chanson se termine et ils se figent un instant, comme les deux hommes sur l'écran. La musique reprend, une série de notes puis la violence des basses.

Papa se lève en grognant. Va faire pipi, dit-il, bois un peu d'eau et retourne te coucher. Je vais aller m'en occuper, je jette un œil sur Lola d'abord.

Jack suit son père dans le couloir et entend la voix de Lola en entrant dans la salle de bains, qui est emplie de vapeur d'eau aussi parfumée que les roses chez son grand-père en été, suffocante. Sa mère vient sûrement de prendre un bain. Il réussit à faire quelques gouttes en tenant la lunette d'une main parce qu'elle ne reste pas en place, se lave les mains avec le savon qui sent bizarre ici puis boit dans ses paumes quelques gorgées d'eau au goût de savon. La musique pilonne le chalet. Quand il sort, sa mère est là en chemise de nuit et Lola s'est levée aussi, elle parle avec son père près de la porte. C'est atroce, dit sa mère, ils n'ont aucun respect, déjà toute la nuit dernière c'était pénible, mais recommencer ce soir, on ne peut pas rester ici si on ne peut jamais dormir, je ne tiendrai pas le coup, et c'est censé être nos vacances. Tout cet argent. Ian, je suis épuisée. Je m'en occupe, dit son père, va te coucher chérie, tu vas pouvoir te reposer. Maman est toujours fatiguée. Elle l'est parfois tellement qu'elle pleure. Lola dit, s'il te plaît, je peux venir, s'ils voient que tu as une petite fille ils seront peut-être plus gentils. Papa regarde Lola. Il regarde par la fenêtre. Ils sont encore plus nombreux, une autre voiture vient juste d'arriver. Bon, d'accord. Mais dès que je te dis de rentrer tu m'obéis, compris ? Elle acquiesce. Lola arrive toujours à ses fins avec papa. Lola fait toujours ce que papa lui demande, du moins quand il n'a pas le dos tourné. Ian, fait maman, tu es sûr ? Papa finit de mettre son manteau. Je vais rester courtois, dit-il, je leur demanderai gentiment de baisser, je n'y vais pas pour chercher la bagarre, et au cas où, elle sera de retour ici en dix secondes. Tu peux garder un œil sur elle tout le long du chemin. On ne peut pas les laisser continuer, regarde dans quel état tu es. Allez Lola, mets ton manteau.

Jack les regarde. Que les petites filles, alors. Non qu'il ait envie d'y aller, surtout s'il y a de la dispute. Lola a un truc dans sa poche de manteau qu'elle touche. Elle réprime un petit sourire. Peut-être un galet de la plage. Il n'aime pas se rappeler ce moment, la fille. Violetta. Et puis il faut que quelqu'un reste avec maman, qui a l'air sur le point de pleurer encore. Il faut la serrer contre soi et lui apporter une boîte de mouchoirs, et si elle ne s'arrête toujours pas, lui préparer une tasse de thé. Parfois ça dure longtemps. Il y a des jours où elle reste au lit et pleure jusqu'à ce que papa rentre à la maison et Jack doit préparer des œufs ou des haricots avec des toasts pour le dîner. Il sait bien faire les œufs au plat maintenant, il ne casse pas les jaunes. Mais papa et Lola ne vont pas y rester des heures. Il regarde par la fenêtre et voit le père du chalet en contrebas qui regarde lui aussi par sa fenêtre, et plus loin la mère des tout-petits debout sur sa terrasse. Tout le monde regarde, dit-il.

Il sent les basses dans ses pieds à travers le plancher. Par-dessus la dance music, un pépiement d'oiseau. Pas un hibou, se dit Jack, un oiseau de jour. Son nid doit trembler autant que les chalets. Je suis épuisé, dit l'oiseau, je ne peux pas rester ici si je n'ai pas de répit. Qu'est-ce que papa va leur dire, aux Shit-chenko ? Non mais ça c'est les gens, dit papa, regarde-moi ça, tout le monde à sa fenêtre en train d'attendre que quelqu'un d'autre agisse. L'état de ce pays. Allez viens Lola, on va leur montrer comment on se défend. Lola lève la tête vers papa en souriant et lui prend la main.

La pluie s'engouffre dans la maison quand papa ouvre la porte et maman dit, oh ce qu'il fait froid, elle va être trempée, elle n'a que son pyjama sous son manteau, mais la porte se ferme avant qu'elle ait terminé. On ne peut pas vraiment écouter maman, c'est le problème, sinon on s'inquiète pour tout, mais après elle s'inquiète parce que personne ne l'écoute. Jack réfléchit à ce que papa lui dirait, ou du moins à ce qu'il lui dirait si c'était un bon jour. C'est à deux pas, dit-il, Lola ne va pas fondre et elle se réchauffera vite quand elle sera dans son lit. J'imagine, dit maman, alors, ils sont entrés ?

Jack va se poster à la fenêtre et met ses mains en coupe autour de son visage pour abolir le reflet de la lumière de la cuisine et celui du visage démaquillé de sa mère au-dessus de sa chemise de nuit. Ils sont devant la porte en train de parler, dit-il, et son haleine embue la vitre. Un trait de lumière se dessine en travers de l'herbe, prenant les gouttes de pluie dans son faisceau, et il voit le voisin remonter le chemin. Il ouvre la bouche pour le dire à sa mère mais la referme ; il y a certes des choses qui ne l'inquiètent pas mais tant qu'on ne lui dit rien, on n'a pas à s'inquiéter de se demander lesquelles. Il sent son ventre se nouer à nouveau, la douleur commencer. L'autre père ne marche pas vite, mais papa et Lola sont toujours sur la terrasse des Shit-chenko quand il arrive derrière eux. Papa ne crie pas, Jack en est persuadé, même s'il ne voit que son dos, et Lola se tient légèrement en retrait, les pieds en V. Seconde, Lola est bonne en danse classique. Mme Shit-chenko rentre dans le chalet et un homme en sort avec deux bouteilles entre les doigts, il en tend une à papa et une autre à l'autre père, et tout le monde disparaît à l'intérieur.

La musique continue et Jack regarde le seuil où ils se trouvaient.

Qu'est-ce qui se passe, dit maman, pourquoi est-ce que la musique est toujours aussi forte ? On dirait qu'elle est coincée au seuil de la pièce, comme si elle avait trop peur du bruit pour s'approcher, quitter le couloir. Elle lui évoque un écureuil qu'on essaie d'amadouer au parc, vous et l'écureuil savez pertinemment que l'animal veut le pain mais qu'il ne vous fait pas assez confiance pour prendre le quignon directement dans votre main. Ils sont tous à l'intérieur, dit-il, papa boit une bière, pourquoi tu ne retournes pas te coucher, je suis sûr qu'ils vont bientôt baisser le son. Oh, dit-elle, je ne sais pas, pourquoi est-ce qu'il ne revient pas, et Lola alors ? Elle est entrée aussi, dit Jack, et le papa à deux chalets d'ici, tu sais, celui qui a des petits garçons, voiture rouge. Maman acquiesce. La mère est la femme mince qui court, dit-elle, toute seule dans cet endroit, elle a du courage, je veux bien l'admettre. Oh, arrête, dirait papa, tout le monde est toujours courageux comparé à toi. Oui, dit Jack, lui. Ah, dit maman.

La musique continue. Jack croit que ça commence presque à lui plaire, que ça va faire tout drôle quand ça va s'arrêter, comme quand on sort de la voiture après un long trajet et qu'au bout des premiers pas on se rend compte que le bruit du moteur nous manque, le sentir dans son squelette. Il s'adosse contre le mur et sent les basses dans son dos. Il laisse sa tête légèrement pencher d'un côté et de l'autre, en rythme. Lola est peut-être en train de danser là-dedans, de faire une de ses chorés. Avec les Shit-chenko.

Je suis épuisée, répète maman. C'est bon, ils sortent, là ? Jack secoue la tête. Va t'allonger, maman, dit-il. Je continue à surveiller, je te dirai s'il y a du nouveau. Les épaules de maman s'affaissent. D'accord, dit-elle, merci mon chéri. Tu m'appelles si tu as besoin de quoi que ce soit, hein ? Jack ne voit pas de quoi il pourrait avoir besoin et de toute façon il ne l'appellerait pas si c'était le cas. Oui, dit-il, bien sûr.

Une fois que ses pas ont traîné jusqu'au bout du couloir, il éteint la lumière en retenant l'interrupteur pour qu'il ne fasse pas de bruit. L'obscurité se répand autour de lui, les creux et les recoins en débordent, et il reste immobile, attend que la pièce se recompose à mesure que ses yeux font le point. Un petit voyant rouge qu'il n'avait jamais remarqué sur le réfrigérateur le fixe ; il lui tourne le dos mais il est toujours là. C'est plus facile de voir au-dehors sans les reflets. La porte du chalet voisin demeure fermée mais, par la fenêtre, il voit une femme passer les bras autour du cou d'un homme, une bouteille à la main, et leurs corps bouger ensemble. La femme s'écarte de l'homme en dansant, les bras levés, se déhanchant, agitant toujours cette bouteille, et retourne vers lui, de sorte que leurs silhouettes se confondent. Jack jette un œil autour de lui et essaie de faire pareil, mains levées au-dessus de sa tête, les hanches en mouvement, entre les manteaux humides sur leur patère et l'égouttoir de l'évier en inox rayé. Il bouge la tête, les épaules. Ça fait du bien. La musique traverse ses os, remplit sa tête et, pulsation après pulsation, chasse la douleur de son ventre. Il retourne à la fenêtre en dansant, où il voit le jeune couple qui n'ouvre jamais les rideaux avant midi si vous voyez ce que je veux dire, ils sont à peine sortis du parc de toute la semaine, ils arrivent main dans la main à la lumière du téléphone de la femme en direction du chalet de Violetta. L'homme porte une bouteille de vin. Jack arrête de danser. Ils y vont tous, se dit-il, tout le monde va à la fête, et l'espace d'un instant il imagine ce qui se passerait s'il disait, maman, allez, on les rejoint, on prend le whisky de papa et on va danser.

Le couple qui n'ouvre pas ses rideaux toque à la porte, mais bien sûr personne ne les entend alors la femme l'ouvre tout simplement, passe une tête à l'intérieur, et un des hommes de la voiture blanche arrive et prend la bouteille, l'embrasse sur la joue et les fait entrer. Jack entend des rires et des cris en plus de la musique. Il n'est jamais allé à une fête d'adultes. Qu'est-ce que papa peut bien être en train de faire là-bas, il n'est pas du genre à rigoler et certainement pas à danser. Papa ne serait pas content que Jack les rejoigne, ce n'est pas comme si on pouvait laisser maman toute seule. Il lève les bras à nouveau, danse à travers la pièce jusqu'à son reflet spectral dans la porte-fenêtre, hoche la tête et se trémousse face à lui-même. Penché vers l'arrière il agite le bassin, remonte, saute et tourne sur lui-même, en montant et abaissant les bras.

Et c'est parce qu'il dansait à travers la pièce, pensera-t-il plus tard, plus tard et souvent, qu'il n'a pas vu les flammes plus tôt. Qu'il n'a pas remarqué le moment où les rires ont cessé et où les cris ont pris un accent différent.

Parce qu'il dansait que, le temps qu'il sente la fumée, regarde à la fenêtre puis se rue vers l'extincteur pour l'extirper de son support – étonnamment difficile à faire –, coure pieds nus dans l'herbe mouillée, jette un œil au mode d'emploi schématisé à la lumière des flammes qui luisaient déjà à la fenêtre des Shit-chenko, tire la partie à tirer et pousse celle à pousser, il était trop tard.

C'est parce qu'il dansait que, le temps qu'il crie, coure et tape à la porte des gens qui n'étaient pas à la fête, de la femme mince et courageuse qui était chez elle avec ses enfants, du vieux monsieur distingué avec sa femme qui sucre les fraises, du garçon plus âgé que lui avec le bateau rouge et de la fille renfrognée qui ne met jamais de manteau même quand il pleut à verse, le temps que chacun vienne ouvrir, reparte précipitamment vers son extincteur et ressorte en courant, même le vieux monsieur, déjà les flammes brillaient sur les branches et les oiseaux diurnes pensaient que c'était le matin.

C'est parce qu'il dansait que l'incendie a eu le temps de prendre au point que papa, Lola et l'autre père doivent sortir du chalet en feu par la fenêtre de la salle de bains, que les voisins doivent actionner leur extincteur, apporter des serviettes mouillées et des seaux d'eau, que le garçon au bateau rouge doive s'engouffrer à l'intérieur, dans le bâtiment en flammes parce que les pompiers avaient été appelés, par la femme mince qui court et avait couru jusqu'au pub, mais le chalet en bois brûlait vite, plus vite qu'on s'y attendrait avec un temps pareil, et tout le monde savait la distance que devait parcourir le camion de pompiers, et les longues minutes au cours desquelles on verrait les gyrophares bleus clignoter sur l'eau et entre les arbres avant que les secours soient bel et bien arrivés.

Les hommes de la voiture sont sortis par-derrière, l'un d'eux portant à moitié l'autre, dont les pieds semblaient hors service, et le vieil homme et le père du garçon au bateau rouge ont accouru pour allonger l'homme mal en point par terre, sur l'herbe mouillée et les feuilles, et l'ont installé sur le côté, et l'autre homme s'est plié en deux pour vomir, devant tout le monde, avec des coulures sur le menton qui dégoulinaient en flaque à ses pieds à la lueur de l'incendie, mais tout le monde s'en fichait.

Un grand barbu en veste militaire est sorti d'entre les arbres avec une hache à la main, une vraie hache qui étincelait dans les flammes, et Jack a cru un instant qu'il faisait en quelque sorte partie de l'incendie, que c'était l'heure où les tueurs et les rôdeurs dont parlait Lola le soir sortaient du bois, mais quand l'homme a levé sa hache il s'est attaqué à la fenêtre par laquelle le garçon au bateau était entré, et soudain maman était là, dehors, pas plantée sur le seuil mais courant et appelant Lola à pleins poumons qui n'avait pas bougé, observait la scène. Maman a fait entrer les enfants de la joggeuse et la mère avec son bébé et sa toute petite fille dans la cuisine, leur parlant, s'adressant à des gens qu'elle n'avait jamais rencontrés, disant, venez, entrez, ce n'est pas un spectacle pour des enfants, restez ici au chaud, et le bébé pleurait mais personne ne faisait quoi que ce soit pour y remédier et Jack était là, muet, dans un coin. Viens m'aider Jack, a dit maman, et il a obéi mais elle allait très vite, elle a tiré les couettes des lits, les a hissées sur son épaule et les a portées en tas sous la pluie pour couvrir les personnes qui étaient allongées par terre et Jack l'a suivie mais seulement jusque sur les marches. Le couple des rideaux fermés était ressorti et ils avaient l'air bizarres à présent, le visage sombre et les yeux trop blancs. Il restait sur les marches à respirer la fumée, sentir la chaleur sur son visage et ses bras, regarder sa mère se servir de sa couette à lui, sa couette de chez eux, pour la poser sur une des femmes de la grosse voiture blanche lorsque le garçon au kayak rouge l'a escortée à l'extérieur et qu'elle rampait et vomissait une sorte d'écume blanche, le feu plus bruyant à présent, rugissant, et maman a essayé d'arrêter le couple pour qu'ils viennent boire quelque chose, mais ils ont refusé parce que où était la petite fille aux chaussures vernies et au vélo, et où était sa mère ? Le couple des rideaux et le garçon au kayak ont voulu retourner à l'intérieur, dans les flammes, mais le père du garçon lui a dit de ne pas faire ça, parce que la petite fille était encore dedans, n'est-ce pas, la petite fille et sa mère, n'étaient-elles pas toujours à l'intérieur ? L'autre petite fille, pas Lola. Lola, elle, était toujours là, à observer la scène, la main dans sa poche, le visage barbouillé et les cheveux pâles dans la lumière de l'incendie.

Violetta, a dit Jack, même si personne ne l'écoutait, elle s'appelle Violetta, l'autre petite fille.

L'homme à la hache a asséné un autre coup sur le mur, le garçon au kayak et le couple des rideaux ont mis des torchons à carreaux rouges sur leur visage, le vieil homme s'est agenouillé par terre à côté de la femme enveloppée de la couette de Jack. Sa couette Batman par terre, mouillée et boueuse, autour d'une femme qu'il n'avait jamais vue, qui semblait former un son avec sa bouche mais impossible de l'entendre à cause de la musique et du feu.

Les flammes étaient trop hautes. L'homme des rideaux a tiré la femme des rideaux et le garçon au kayak à l'écart des murs en feu, puis il y a eu un moment où tout le monde a attendu, a reculé comme autour d'un grand feu de joie, et on entendait encore la musique, le rythme qui filtrait toujours à travers l'incendie.

Puis la musique a fini par s'arrêter et alors un son humain qu'il ne veut plus jamais entendre et entendra toujours, quelque part dans sa tête, a retenti, et il avait raison, Jack, on s'en rend compte, quand ça s'arrête.

REMERCIEMENTS

Ce livre a démarré par un été humide en Écosse. Je remercie ma famille de croire que le mauvais temps, ça n'existe pas.

Je remercie mon éditrice brillante et dévouée Kish Widnaratya ; Camilla Elworthy et toute l'équipe londonienne de Picador ; Jenna Johnson et l'équipe de Farrar, Straus & Giroux à New York ; Anna Webber de United Agents pour les thés de l'après-midi à une époque délicate et la façon superbe dont elle me représente ainsi que Seren Adams pour ses relectures.

Sinéad Mooney a, comme toujours, été ma première lectrice, et comme toujours elle avait raison. Je remercie le clan MacDonald-Badenoch pour ses conseils sur certains titres et termes, et tout particulièrement Helen MacDonald pour son sens du parler adolescent écossais. Merci à Asher Kaboth d'avoir répondu aux questions sur les ondes sonores et les arbres humides, à TM pour son expertise sur les renardeaux et l'activité onirique des chevreuils. Toute erreur concernant les faits ou la vraisemblance me reste imputable.

OUVRAGE RÉALISÉ
PAR L'ATELIER GRAPHIQUE ACTES SUD
ACHEVÉ D'IMPRIMER
SUR ROTO-PAGE
EN MAI 2022
PAR L'IMPRIMERIE FLOCH
À MAYENNE
POUR LE COMPTE DES ÉDITIONS
ACTES SUD
LE MÉJAN
PLACE NINA-BERBEROVA
13200 ARLES

DÉPÔT LÉGAL
1re ÉDITION : JUIN 2022
N° impr. : 100477
(Imprimé en France)